登場人物紹介
転生者の最強幼女
レニ
第二王女
キャリエス

キャリエスの騎士
ピオ
レニの守護者
サミュー

レニの
チートアイテムの
一部を紹介
ちょこっと
【隠者のローブ】
気配遮断の能力を持つローブ。フードをかぶれば、姿が見えなくなる。
【猫の手グローブ】
ふかふかの毛皮とぷにぷにの肉球を持つ、かわいらしい手袋型の武器。
見た目に反して攻撃力はとても高く、様々な付加効果を持つ。
装備すると見た目が猫獣人のようになるので変装にもぴったり!
【察知の鈴】
敵が近づくと、装備者にしか聞こえない鈴の音で知らせてくれる。
他にも
レニのアイテムは
たくさん!

もくじ

ほのぼの異世界転生デイズ
～レベルカンスト、アイテム持ち越し！私は最強幼女です～ 2

第一話　レオリガ市へやってきました

日本で女子高生だった私が大好きだったオンラインＲＰＧ。そのゲーム内でクリスマスに【宝玉（神）】を見つけたものの、私はそのまま死んでしまった。

そして、転生したのが、プレイしていたゲームに似た異世界。そこで私は〇歳児ながら、レベルカンストし、アイテムを持ち越していたのだ。生まれたときから最強。それが私だった。

美人な母と優しい父のもと、レニと名付けられて、楽しく生きていく――予定だったのだが、生まれた家は超貧乏。父は病気で母は借金取りに狙われていた。しかもそれは仕組まれていたもので、街長《ちょうちょう》のシュルテムが大元にいることがわかった。

そこで私は、私の保護者であり【守護者】である、エルフのサミューちゃんと一緒にシュルテムを倒すことにする。普通のこどもなら不可能だけど、私は最強幼女。前世のゲームから持ち越したアイテムを使い、両親の安全を確保した。そして、両親のもとを離れ、旅に出ることにした私。

旅に出てすぐ、ドラゴンに襲われている馬車を発見する。

サミューちゃんと私は離れていても、【精神感応《テレパシー》】で会話ができる。それを使いながら、ドラゴンを倒し、無事に女の子を助けたのだった。

そうして、暮らしてきた村を旅立って数日、街道でドラゴンに襲われていた女の子と別れたあと、私はサミューちゃんと一緒に歩き続け、ついにレオリガ市へ到着した。

道中、ドラゴンとのごたごたがあったけれど、レオリガ市に被害はまったくなかったようで、とても平和だ。

女の子も無事にレオリガ市へ着いているだろう。

「……おおきいね」

レオリガ市は石の塀で囲まれていて、入るための門はとてもとても大きいものだ。

その門を遠目で確認して、思わず声が漏れた。

「この辺りで一番、栄えた場所です。石造りの家が多いのが特徴です」

「たのしみ！」

サミューちゃんの言葉に胸がウキウキとする。

父、母と暮らしていた村を出て、道中、いくつかの街や村に寄ったけれど、それもとても楽しかった。

好きだったゲームの世界に転生して、実際に自分の目で見て、耳で聞いて、鼻で嗅いで、手で触れて……おいしいごはんも食べて。

旅に出てよかった！

「レニ様、レオリガ市に入るには門で検査を受ける必要があります。私はエルフの国の証明書を持っているのですが……」

サミューちゃんはそう言うと、カバンから一つの石を出した。

碧色《みどりいろ》でてのひらに載るぐらいの大きさ。

「これが、しょうめいしょ？」

「はい。魔力が込められていて、調べるための魔道具があれば、私と両親の名、それを証明する現エルフの女王様の刻印がわかるのです」

「そうなんだ」

ゲーム内では街や市へ入るために、そういう検査はなかった。

転生前の世界で考えると、戸籍みたいなものだろうか？

「証明書の発行元はだいたいは生まれた街や市、都です。エルフは人数が少ないことや長寿なため、国全体で把握しています」

「なるほど」

「大きな街や市、都であるほど、検査はしっかりしたものになります。あえて検査せず自由にすることで発展しようとした街もあったのですが、治安が悪くなり、あまりいい評判は聞きません」

「れおりがしは？」

「門での検査が行われているようなので、これまでの村や街に比べれば、対処しているといえますね」

サミューちゃんの言葉にふんふんと頷《うなず》く。

スラニタの街にも門はあったが、実質、顔パスだった。

父や母と買い物に行ったけれど、止められたことはない。

道中の村や街も、私とサミューちゃんが入るのを拒む場所はなかった。

「この市の規模だと、魔道具は高価なため、所持していないと思います。人間は紙やプレートによる証明書が多いので、肉眼での確認が主でしょう。エルフの証明書を読むことはできないと考えますが、私の容姿とこの石を出せば、入門を許可しない者はいません」

そこまで言うと、サミューちゃんは表情を曇らせた。

「ただ……レニ様は証明書がないため、検査を受けると中には入れないのです」

「れに、しょうめいしょ、ない？」

「はい……。申し訳ありません。レニ様が生まれた際、レニ様のお母様……女王様は証明書は作らないほうがいいと判断されたようです。……それがレニ様を守ることに繋《つな》がるだろう、と」

サミューちゃんの言葉に、私が生まれた当時の状況を考えてみる。

父は怪我《けが》をし病床へ。母は働きづめで借金。

エルフの女王である母と、人間の父との間に、普通なら生まれるはずのない、私が生まれた。

しかも父と母は、スラニタの街の元街長が裏で手を引いていた人身売買の餌食にされそうになっていたのだ。世間から隠す意味でも、借金取りに無理やり私が攫《さら》われないようにするためにも、証明書は作らないほうがよかったのだろう。

現に借金取りたちは私のことを死んだと思っていた。

「レニ様にも、きちんとした証明書を作るべきなのでしょうが……」

作るべきか作らないべきか。作るのならば、どうやって作るべきか。

サミューちゃんは考えてくれているのだろう。

「しょうめいしょ、いつつかう？」

「そうですね……。現時点では門での検査のときぐらいでしょうか」

「じゃあ、だいじょうぶ」

ふふんと胸を張る。

「れに、ふーどあるから」

そう！【隠者のローブ】があれば、門での検査などなんの意味もない。

「さみゅーちゃんのちかくをあるいて、けんさをつうかする」

気配遮断をして、見つからないように入ればいい。

「この市の規模であれば、レニ様の気配が察知されるような魔道具もないと思います」

「うん」

「今後、必要になった際には、どんなことをしても入手しますので」

サミューちゃんのきれいな碧色の目がギラッと輝く。

でも、そんなに必要になることはないと思うけど……。

「では、参りましょう」

「ふーどするね」

しっかりと【隠者のローブ】のフードをかぶる。

途中まではサミューちゃんと手を繋いで歩き、門での検査では人に当たらない場所でそっと待機。

サミューちゃんの言っていた通り、検査は石を見せると、すぐに終わった。

気配遮断をしている私もだれにも気づかれていない。

そのままサミューちゃんについて門をくぐる。

そして——

「すごい！」

「はい。今までとは趣が違いますね」

——レオリガ市は今まで見た風景とはまったく違っていた。

灰色の石を積んだ家は四角い家がほとんどで、四階建てや五階建ても見える。

これまでの村や街は木造家屋が多く、二階建てや平屋が多かった。

壁の色は茶色じゃなくて灰色だし、大きい！　道もしっかり舗装され、どの道もきれいな石畳。

大通りは馬車がすれ違っていて、歩行者も左右を馬車と並行して歩けるぐらい広かった。

石造りの壁には色とりどりの日よけがついていて、灰色の景色をカラフルに彩っていた。

「さみゅーちゃん、いいかおりがする！」

「出店があるようです。なにか召し上がりますか？」

「うん！」

——お肉食べたい！


サミューちゃんと一緒にレオリガ市の大通りを歩いていく。

あちらこちらにある出店でごはんを買った。

串に刺されて焼かれた肉と、ミルクティー。

ベンチに二人で並んで座れば、サミューちゃんがお肉を差し出してくれた。

「レニ様、こちらは羊肉のようです」

「ひつじ」

「レオリガ市は発展していますが、郊外には大きな草原が広がっています。その先にある村は牧羊をしているようですね」

サミューちゃんの言葉になるほど、と頷く。

レオリガ市に来るまでに、牛を飼っている村は訪れたが、牧羊はしていなかった。

「こちらの飲み物は羊か山羊《やぎ》のミルクを使っているようです。どちらもすこしクセがあるかもしれません。無理なようだったら私が飲みますので、気にせずにおっしゃってください」

「うん。ありがとう」

サミューちゃんの気遣いにふふっと笑って応える。

サミューちゃんはレオリガ市に来るまでも、こうしてその場所の特産をそれとなく勧めてくれた。

私が旅に出たいと言ったときから、前もっていろいろと調べてくれたんだと思う。

私が大好きだったゲーム。その世界を自分の五感で体験するのは本当に楽しい。

私一人でも十分楽しかっただろうが、サミューちゃんのおかげで、もっともっと充実している。

「いただきます」

サミューちゃんに渡された肉をかぷっとかじる。

一センチぐらいの厚さに切られた肉が繊維に沿って、ちぎれていく。

それを全部口に入れて、あぐあぐと噛《か》めば――

「おいしい！」

牛と違って、たしかに肉自体にちょっとクセがあるかもしれない。草の匂い？　そんな感じがする。

でも、多めのスパイスがその匂いをふんわりと包んでいた。

しっかりとした肉質は噛めば噛むほど、お肉の味がして、ちょっと甘辛いタレととてもよく合う！　あ、でも……。

「さみゅーちゃん、ぴりぴりする……」

スパイスがかなり効いている。

女子高生だったころならば、余裕で食べられただろうが、四歳の体にはちょっとピリピリが痛いかもしれない……。

「申し訳ありませんっ、スパイスは少なめでお願いしたのですが……っ」

「のみもの……」

「はいっ」

サミューちゃんに食べかけのお肉の串を渡し、代わりにミルクティーを受け取る。

ベージュ色のそれをこくりと飲み込めば、口はふんわりと温かくなった。

「おいしい」

ピリピリしていた口の中が、柔らかく解けていく感じがする。

乳脂肪のまろやかさと、温かい飲み物の温度で、口の中のスパイスがふわっと消えていった。

「すごい……！　さみゅーちゃん、このくみあわせ、すごい！」

「大丈夫ですか？　辛さは……」

「おにくだけだと、ぴりぴり。でも、いっしょにたべたら、ちょうどいい！」

「よかったです」

私の言葉にサミューちゃんがほっとしたように息を吐く。

「クセはどうですか？　気になりますか？」

「くさのにおい、する。でも、きにならない」

飲み物からも草の匂いのような、牛乳とは違う香りがしたけれど、こちらにもスパイスが入っているようで、嫌な感じはしない。

「レニ様、続きも食べますか？」

「うん！」

サミューちゃんからお肉をもらい、一口かじる。すると、やっぱりピリピリしたので、飲み物で緩和。うん。この組み合わせは永久機関。

真剣に食べる私の隣で、サミューちゃんも同じように食べていく。サミューちゃんのお肉は、私のよりもスパイスが効いていそうだったけれど、サミューちゃんは気にしていない。大人だ……。さすが一三〇歳……。


そうして、大通りを散策した私たちは、夕方前に宿屋へと向かった。今日の寝床の確保だ。

サミューちゃんと手を繋いで歩いて、宿屋の前まで来る。すると、サミューちゃんはドアを開ける前に、私にだけ聞こえる声で話した。

「レニ様。宿の中がすこし騒がしいようです。念のため、気配遮断をしていただいてもいいですか？」

「うん、わかった」

サミューちゃんに言われて、すぐに【隠者のローブ】のフードをかぶる。

これで、見つかることはない。

そのまま宿屋に入ると、たしかにサミューちゃんの言う通り、受付でだれかがやりとりをしていて――。

「もし、こどもを連れたエルフの客が来たら、すぐに市庁舎まで連絡を入れてほしい」

「それは構わないが……」

真剣な男性と、困惑気味な受付の男性。それを見つめる、サミューちゃんと私。

この会話からするに、十中八九、捜しているのは私たちのことだろう。

サミューちゃんを見つめると、私のことが見えないはずのサミューちゃんは、心得たというように頷いた。

そして、私から手を離し、会話をしている男性たちへと歩みを進める。

「私になにか用でしょうか？」

サミューちゃんは淡々と感情を乗せずに、言葉をかけた。さすがサミューちゃん。冷静沈着。

声をかけられた男性二人は振り返ってサミューちゃんを見た。

そして、受付の男性が「うおっ！」っと声を上げる。

ちょうど話をしていたときに、話題の人物が出たら驚く。しかも、美少女エルフだもんね。

けれど、もう一人の男性はとくに驚いた様子もなく、むしろ笑顔を見せた。

「よかった、お捜ししていました」

その顔は――

「あ、きしのひと」

――ドラゴンと戦っていた騎士の人だ。

私の回復薬で助けた中の一人にいた気がする。

「今の声は……？」

私が思わず呟《つぶや》いたせいで、騎士の人がきょろきょろと辺りを見回す。

声が聞こえたのに姿が見えないからだろう。

「私になにか用でしょうか？」

そんな騎士の視線を遮るようにサミューちゃんが立つ。

台詞《せりふ》がまったく一緒なのがサミューちゃんらしい。

「申し訳ありません。こちらを渡すために捜しておりました」

騎士はそう言うと、周りの人に見られないように、なにかをサミューちゃんへ渡す。

あれは……手紙、かな？

姿を消していて、背が低い私からは騎士が懐から取り出したものがばっちりと見えた。

白い封筒に赤い封蝋《ふうろう》。

サミューちゃんはその封蝋を確認すると、隠すように懐へ入れた。

「落ち着ける場所で確認します。返事が必要な場合はどうすれば？」

「その場合はこの市の衛兵に手紙を渡していただくか、市庁舎へと来ていただければ承ります」

「わかりました」

騎士は用件は終わったようで、きれいな礼をして去っていった。

サミューちゃんはそのまま宿で受付を済ませ、部屋を取る。

部屋へ案内されるサミューちゃんの後ろを、気配遮断したままついていく。

案内された部屋は最上階。部屋へ入ると、そこはリビングのようになっており、どうやら寝室とは分かれているタイプの部屋のようだ。

案内してくれた人がいなくなり、サミューちゃんと二人きりになったところで、フードを外した。

「さみゅーちゃん、どうだった？」

「レニ様、まずはお疲れでしょうから、こちらへ」

サミューちゃんがリビングの大きなソファを勧めてくれる。

なので、それに座ると、サミューちゃんはその足元に跪《ひざまず》いた。そして、騎士から受け取った封筒を私に渡す。

「レニ様、この封蝋は王家のものにしか使えないものです」

白い封筒の上に、とても目立っている赤い封蝋。

サミューちゃんが示したそれは、王冠をかぶった獅子が刻印されていた。

王家しか使えない封蝋が使われている。つまり、この手紙を出した人物は王族ということで——

「……ドラゴンから助けたのは、この国の王女だったようです」

「おうじょさま」

私がドラゴンから助けた女の子。ふわふわの茶色い髪にとてもきれいなドレス。そして、殿下って呼ばれていた。

地位が高いと感じてはいたが、王女様だったようだ。

「この国は王とその妃《きさき》、そして三人のこどもがいると聞いています。彼女は一番下の王女ではないか、と」

サミューちゃんの説明にうんうんと頷く。

話し方も見た目よりもしっかりしていたし、幼い王女様だと言われれば納得だ。けれど、疑問もある。

「ふつう、おうじょさまだけで、ここまでくる？」

あの女の子が王女様だとして。私ぐらいの年齢の王女様が、公務だとしても幼い王族一人でレオリガ市まで来なければならない用事ってあるだろうか。

私の質問に、サミューちゃんは「そうなのです」と頷いた。

「王都はここから南にあり、近くはありません。この近辺に王女自らが訪問するような、重要なものがあるとは思えないのですが……」

「どらごんにおそわれてた。かんけいがあるのかな」

幼い王女様が一人で王都から離れる理由。ドラゴンに追われていたワケ。まだなにもわからないけれど、なにかありそうな気がする。ただの旅行ならそれでいいが……。

「さみゅーちゃん、ここすわって、いっしょにてがみをよもう」

とりあえず、この手紙の内容を知りたい。

なので、床に跪いているサミューちゃんにソファに座ってもらおうと、隣をポンと手で叩《たた》いた。

けれど、サミューちゃんは戸惑っていて……。

「しかし……」

困ったように眉をハの字にする。

きっと、私の隣へ座ることを遠慮しているのだろう。

サミューちゃんは私を大事に扱ってくれる。が、ずっとその姿勢だと疲れるはずだ。ぜひソファに座ってほしい。

ので、サミューちゃんとしっかりと目を合わせて、首をすこし傾《かし》げて告げた。

「れに、さみゅーちゃんによんでほしい」

「つはい、喜んで!!」

床に跪いていたサミューちゃんが居酒屋的発声をして、素早く私の隣へと収まる。

よかったよかった。サミューちゃんの頬《ほお》が赤くなっているが、まあ大丈夫だろう。

手に持っていた封筒を開けて、便箋《びんせん》をサミューちゃんへ渡す。

すると、サミューちゃんは私にも見やすいようにしながら、ゆっくりと読んでくれた。

便箋の文字はとてもキレイ。私の字とは違い教養を感じる。

文面はきちんとした挨拶のあと、本題が書かれていた。それは――

「おちゃかいのおさそいだね」

王女様との約束。

別れ際にも誘われたが、王女様は、レオリガ市に着いたあと、すぐにお茶会を開くことを決め、こうして手紙を書いてくれたようだ。

「かなり、気を配ってある内容だと感じました。この国の王家に連なる者としての礼にのっとっています」

「せいしきな、おさそい？」

「はい。普通は王家の者が通りすがりの人間に対して、これほど礼を重んじることはないと思いますが……。レニ様に助けられたことを、とても感謝したのでしょう」

「うん」

「ここに、レオリガ市の市長と、領主も同席すると書いてあります」

「すごい？」

「そうですね……。市長はともかく、領主も、とは……」

サミューちゃんは先ほどから難しい顔をしている。

「領主は世襲制の上級貴族になります。王家から土地と民を預かっている立場ですね。ガイラル伯爵が治めています」

「おちゃかいにいったら、がいらるはくしゃくがいるんだね」

「はい。王女との繋がりだとは思いますが……」

サミューちゃんが言葉を濁すので、ふむ、と考える。

サミューちゃんはお茶会について、いい印象がないようだ。

「さみゅーちゃん、おちゃかいはんたい？」

「反対というわけではないのですが……」

「やっぱり、あっちのみぶんがたかすぎるかな？」

サミューちゃんの口振りや表情からして、参加しないほうがいいのかもしれない。

ただのお茶会だと思っていたが、私は礼儀もわからないし、王女様と一緒にいることはできないだろう。

そう思って聞いてみると、サミューちゃんは横に首を振った。

そして、真剣な顔で私を見つめる。

「レニ様。レニ様は今でこそ姿を隠し、地位を得ていませんが、エルフの国へ戻れば、レニ様自身も、王女として過ごすことが可能です。レニ様自身が高貴な方なのです」

「あ……うん」

そういえばそうだ。母が女王だったのだから、私は王女。たしかに。

「ですので、人間の王女とお茶会をすること自体に問題があるとは考えていません。レニ様が相手の地位にこだわるとは思いませんが、身分のことは気にする必要はないか、と。相手がエルフの事情を知るはずもありませんが、こうしてレニ様に礼を重んじた対応をしていることは好感も持てます。ただ……」

サミューちゃんは一度、きゅっと唇を噛んだ。

「あまり付き合いを深めると、足枷《あしかせ》になるのではないかと考えます」

「あしかせ」

「はい。その場に留《とど》まり、自分の地位を高めていくのであれば、権力は有用なこともあるかと。しかし、レニ様はすでに十分な力を持っていると感じます。それを人間の権力者たちに見つかると、面倒なことになるのではないか、と……」

「たび、できなくなる？」

それは困る。

むむっと眉を顰《ひそ》めると、サミューちゃんは一度、口を閉じた。

そして、すこしの間《ま》のあと、またゆっくりと話し始め——

「……レニ様、申し訳ありません。私はエルフとして長く過ごしています。ですので、人間に対して、あまりいい感情を持っていないことも関係しているかと思います。レニ様が人間の世界と交流し、そこで地位を得ていくことはなんら問題ありません。その上で旅をしていくことも、レニ様が必要であると思えば、大切なことになります」

サミューちゃんはそう言うと、まっすぐな目で私を見た。

「レニ様が望むままに」

サミューちゃんの目はいつもきれいな碧色。

そこに嘘《うそ》や迷いはなくて、本当に私が決めたことを尊重してくれるのだろう。

サミューちゃんは十分に情報をくれた。その上で、サミューちゃんの立場がエルフのものであることも伝えてくれている。

私はサミューちゃんのこういうところが好きだ。

サミューちゃんのおかげで、自分で考えて決めることができる。

なので私は——

「れに、やくそくしたから、おちゃかいはいく」

お茶会の約束にうれしそうにしてくれた王女様。その笑顔を曇らせたくない。

「でも、えらいひとと、いっしょにいたいわけじゃない」

私はただ、二人でした約束を果たしたいだけ。

王女の地位や、領主、市長などの権力には興味はない。

旅をして、自分の目でこの世界を見るという目的を達成するために、今、権力が必要だとはこれっぽっちも思わないから。

「――だから、ねこになっていく」

王女様も猫獣人の私しか知らない。【猫の手グローブ】をつけていけばいいだろう。

「もしものときはすぐににげるし、ねこだからへんそう、ばっちり」

サミューちゃんが言っていた『面倒なこと』になったら、すぐに逃げよう！

だから、大丈夫だと笑えば、サミューちゃんは柔らかく目を細めてくれた。

「はい。お供します」

「うん！　じゃあ、おへんじかくね」

――さあ、お茶会へ行きましょう！

第二話　王女様とお茶会です

お茶会に行くことにしたので、さっそく手紙を書いた。

王女様とは違い、私は丁寧な文章は書けないので、簡潔にお礼と参加の意思を伝えたものだ。

それをサミューちゃんが市庁舎まで持っていってくれて、そこで場所や時間なども聞いてきてくれた。

というわけで。

「さみゅーちゃん、ここ？」

「はい。本日のお茶会はここの市長宅で行われるようです」

レオリガ市に着いた翌日。

宿屋で一泊した私たちは、市長の家の前に立っていた。

私はすでに【猫の手グローブ】をつけ、猫獣人となっている。変装ばっちり。

それにしても……

「おおきいね」

私は市長の家を見上げて、ほぅと息を吐いた。

レオリガ市自体が、私が知っている村、街の中で一番大きい。やはりその市長ともなると、お金があるのだろう。

敷地全体を背の高いレンガの塀がぐるりと囲み、おしゃれな意匠の鉄でできた門。そこから中を窺《うかが》えば、きれいに整備された庭とその奥に三階建てぐらいの大きな家が見えた。

スラニタの街長《ちょうちょう》の家も大きいと思ったけれど、なんていうか品？　風格？　が違う。ゲームでも街のマップでこれぐらいの大きな家があり、探索できたときもあったけれど、実際に見るとこんな感じなんだなぁ……。

一人でじーんと感動して、思わずくすくすと笑ってしまう。

「こちらへ」

私が一人で笑っている間に、サミューちゃんと門番の人がやりとりをしてくれたようで、立っていた二人のうちの一人が案内をしてくれる。


そうして、庭を進んでいくと――

「っ!!　こ、こっちよ!!」

小さい子特有の高い声。怒っているような声にそちらを向けば、思った通りの人物がいた。

茶色いふわふわの髪を二つに結んだ女の子。赤いドレスがとってもよく似合っている。

サミューちゃんの話によると、この国の一番下の王女様だ。

「あなたの話は聞きましたよ」

「王女殿下をドラゴンから救ったのが、こんなに小さなお嬢さんだとは！」

王女様の隣に立つのは二人。一人は灰色の髪をオールバックにした、優しい表情をした壮年の男性。もう一人は白い髪に白い髭《ひげ》のサンタクロースみたいな高齢の男性だった。

この二人の片方が領主で、片方が市長ということだろう。

……【察知の鈴】は鳴っていない。

とりあえずは、大丈夫かな？

「さみゅーちゃん」

「はい。……では行きましょう」

サミューちゃんと目配せをして、ゆっくりと近づいていく。

王女様の後ろには昨日と同じように、黒いワンピースに白いエプロンの制服を着た女性が三人いて「がんばってください！」とそれぞれが声援を飛ばしていた。

王女様と男性二人の前までやってきて、お互いに向かいあう。

すると、王女様は、ぐっと拳を握ったあと、一歩前へ出た。

「……あ、あの！　本日は来てくださり、うれしいですわっ！」

「うん」

「昨日のことも本当に感謝していますっ……。そして、お茶会が本日になってしまい申し訳ないと思っています」

「ううん。だいじょうぶ。おてがみくれたから」

さすがに昨日、お茶会をするの無理だったのだろう。レオリガ市に到着して、ドラゴンに襲われたことや私に助けられたこと、そして私を招待してお茶会をしたいことなどを話せば、それくらいはかかるだろう。むしろ、今日できているのがすごいと思う。

夕方には私たちを捜す兵士が宿屋にいたしね。

なので、大丈夫だと伝えれば、王女様はほっと安心したように、握っていた拳を緩めた。

「よかったですわ……。もしかしたら、もう会ってくれないのではないか、と……」

「れに、おちゃかい、たのしみだったから」

「あ！　わ、わたくしもですわ……っ！」

茶色い目を見つめて伝えれば、王女様の頰《ほお》がボッと赤くなる。

そして、またぎゅっと拳を握った。

すると、後ろから声が聞こえてきて——

「殿下っ……ここです、ここで自己紹介です！」

「いけますよ！」

「ファイトです！」

「わ、わかっていますわ！」

王女様はパッと後ろを振り向いて、制服の女性たちに頷《うなず》く。

そして、私へと向き直ると、スカートの裾を持って、そっと目線を下げた。

「わたくしの名前はキャリエス・フィーヌ・ランギルオーザ。ここランギルオーザ国の現国王ジュリオスの第三子にして、第二王女です」

王女様はそう言うと、挨拶がわりか体をスッと下げた。でも、お辞儀のように腰を曲げて頭を下げてはいない。体の軸にブレはなくて、上半身はきれいな姿勢のまま。たぶんスカートの下で膝を曲げながらも、バタバタした動作にならないよう器用にコントロールしているのだろう。

これはゲームで見たことがある。お姫様とか、上品な人たちがやる挨拶だ……！

茶色の髪がふわっと揺れ、ドレスの裾がきれいに広がる。

「すごい！　きれい！」

その姿がとっても素敵で、思わず拍手をする。

今の私は猫の手になっているので、キュムキュムと音がした。

「わ、わたくしは、きれいではありませんわっ！」

心からの言葉だったのに、王女様は慌てて私の言葉を否定した。

せっかくきれいな挨拶だったのに、それもやめてしまって、ちょっと残念。

「れに、とってもきれいだとおもった」

「……っ！」

「あのどうさ、すぐにできないとおもう。すごいとおもった」

「つ……！」

私がそう伝えると、王女様は茶色の目をまんまるにして、頬をまたボッと赤くした。

「れに、きれいなあいさつはできない」

「そんなことはいいんですの！　あなたは、とってもとってもきれいですわ!!」

王女様はそう言うと、優雅にスカートを持っていた手を離し、胸の前で組んで叫んだ。

すごく真剣に叫ぶから、面白くなって、ふふっと笑ってしまう。

私はそのまま王女様に近づくと、胸の前で組んでいた手に、自分の手を重ねた。

「れにだよ。よろしくね」

「レ、ニ……。あ、名前を呼んでもいいんですの？」

「うん」

「あの、では……わたくしのことは……呼びたくないかもしれませんが……」

王女様の茶色い目が不安そうに揺れる。

これは前もそうだった。凛《りん》としていてしっかりしているように見えるのに……。

なので、安心させるように首を横に振ってから言った。

「それは、れにがきめる」

「はい、そうでしたわね」

そう言うと、王女様は何度か目をさまよわせたあと、意を決したように叫んだ。

「あ、あの……っ……！　その！　……キャリエス、と！」

「うん」

「キャリエスと呼んでほしいんですの……っ!!」

王女様はそれだけ言うと、ぎゅっと目を閉じた。

私が包んでいる王女様の両手にも力が入っているのがわかる。

すごく緊張しているのだろう。

だから、私はその緊張をほどくように、包んだ手にそっと力を入れた。

「わかった」

私の行動と声に、王女様の茶色い目が恐る恐る開かれる。

その目をまっすぐに見つめて——

「たのしいおちゃかいにしようね。

「きゃりえすちゃん」

私の言葉に王女様——キャリエスちゃんの目がまんまるになる。

すると、突然、声がかけられた。

「殿下に対し、すこし無礼が過ぎるのでは？」

王女様——キャリエスちゃんの名前を呼ぶと、急に上から言葉が降ってきた。そして、グイッと体を後ろへ押される。

「わっ……」

「レニ様っ！」

押されたことで、たたらを踏んで後退する。

そんな私に、サミューちゃんはすかさず手を貸してくれ、そっと支えてくれた。

キャリエスちゃんと離れてしまった手を下ろし、目の前の人物を見上げる。

その姿は――

「きし？」

鈍色《にびいろ》に光る軽鎧《けいがい》と、腰に佩《は》いた剣。赤い髪を高い場所で一つに結んだ女性の騎士だ。

きりっとした顔の美人だと思うけれど、突然どうしたんだろう。

首を傾《かし》げると、赤い髪の騎士の後ろから声が響いた。

「やめなさい！」

「しかし……」

「わたくしがいいと言っています。下がりなさい！」

「……はっ」

赤い髪の騎士へと厳しい声をかけたのはキャリエスちゃん。凛とした声には怒りが滲《にじ》んでいる。

その声に赤い髪の騎士は、しかたないといった様子で横へとズレた。

「レニっ！　大丈夫でしたか？　わたくしの騎士が失礼をしました……っ」

「ううん、だいじょうぶ。さみゅーちゃん、いてくれたから」

そう。ちょっとびっくりしたけど、サミューちゃんが体を支えてくれたし、なんてことなかった。

なので、焦っている様子のキャリエスちゃんに頷いてみせる。

で、私を支えてくれたサミューちゃんはというと……。

「人間風情が何様ですか？　そちらが呼び、無視してもよかったものを、レニ様は寛大な心でこちらに来たのです。ドラゴンに襲われた際にあなたはいなかったようですが、王女を守ったのは、だれだと思っているのです？　護衛の騎士は全滅。馬車は壊れ、馬は怪我《けが》をしていました。そのすべてを救ったのは、だれだと思っているのです？」

赤い髪の騎士の前へと立ち塞《ふさ》がり、まっすぐに向かいあっている。騎士のほうが背が高い。が、サミューちゃんはまったくひるまず、その目を見上げていた。

そして、冷静に見つめながら、流れるように淡々と言葉を続ける。声に抑揚はないが、体からは冷気が立ち上っていた。

……うん。すごく怒っているね。

「それに、無礼なのはどちらですか？　レニ様に対し、自らの騎士がこのような態度をとることを望んでいるようには思えませんが。主《あるじ》の望むこともわからないのですか？」

「……それ以上言うのであれば、僕も君に反論する必要がある」

あ、赤い髪の騎士も怒った……。

グッと眉間にしわを寄せ、髪と同色の赤い目が燃えるようにサミューちゃんを見返している。そして、サミューちゃんはその目を無表情に見返していて――

うーん。よくない空気。

というわけで。

「さみゅーちゃん。て、つないでほしい」

「――っ!? はいっ！ 喜んで！」

険悪に睨《にら》みあっていたサミューちゃんだが、私のお願いにすぐに私へと向き直った。そして、私の手をきゅっと握る。

「さみゅーちゃん、おちついて」

「はいぃっ」

猫の手で、キュムキュムとサミューちゃんの手に力を入れたり、抜いたりする。肉球がぷにぷにで気持ちいいことだろう。

思った通り、サミューちゃんの冷気は消え、スーハースーハーと深呼吸をしている。うん、いつもの様子がおかしいほうのサミューちゃんだ。怒りは収まっている。

こちらは大丈夫だけど、赤い髪の騎士は大丈夫かな？ そちらを見ると、キャリエスちゃんの必死な声が響いた。

「ピオ、何度も言わせないでっ！　下がりなさい！」

「……はっ」

キャリエスちゃんの言葉に、今度こそ本当に赤い髪の騎士は離れていく。

そして、キャリエスちゃんは、顔を青くし、手を強く強く握っていた。

「本当に申し訳ありません……、わたくしは……」

語尾が消えそうなくらい小さくて、最後のほうは聞き取れなかった。

「きゃりえすちゃんってよぶの、よくない？」

「いいえっ！　そんなことはありません‼」

「よかった。きゃりえすちゃんも、れにってよんでね」

「はい……っ！」

無礼とか無礼じゃないとかわからないけれど、キャリエスちゃんがいいと言い、私がいいと思っているから、問題なし。

すると、キャリエスちゃんは、なにかをこらえるように、眉をぎゅっとハの字にした。

「あ、あの……れ、レニっ！」

「ん？」

「ありがとう……っ」

「うん」

なにへのお礼かはわからなかったけど、わかった、と頷く。

するとキャリエスちゃんの後ろから歓声が上がった。

「すごい……！　ピオ様の過保護もくぐり抜けて、ついに殿下と自然に話をする方が……っ！」

「よかった、よかったです！　殿下ぁ！」

「ついに殿下ぁ……！」

私とキャリエスちゃんのやりとりに、制服の女性たちがすごく喜んでいる。

そして、キャリエスちゃんの隣にいた男性二人が、空気を変えるように、声を上げた。

「騎士というのは真面目なものですからなあ！」

「せっかくの王女殿下の交流を邪魔するものではないでしょう」

「そうそう！　今日のために急いで用意したものがあります、さあさあ！」

そうして案内されたのは、東屋《あずまや》。

白い柱に白い屋根。床は大理石みたいなのが敷かれている。周りにある低木にはきれいな花が咲いていて、ふんわりといい香りが漂っていた。

東屋に入ったのは、私とサミューちゃん、キャリエスちゃんと制服の女性が三人。そして、領主と市長らしき男性二人だ。赤い髪の騎士は警備をするように東屋の外に立っていた。

東屋の中央には大きな机とイスが五つ。私とサミューちゃんが並んで座って、その正面に男性二人。そして、私の斜め向かいにキャリエスちゃんが座った。

そして、テーブルの上にあったのは――

「おかし、たくさん」

マドレーヌやフィナンシェ、クッキーにチェリーパイ。あっちにあるのはスコーンとキャラメルかな？　どれもとてもおいしそうだ。

たくさんあるお菓子の中で、一際《ひときわ》目立つもの。中央の大きなお皿にきれいに配置された、親指の先ぐらいの大きさの茶色のお菓子。表面はつやつやで、光を受けてきらっと輝いていた。

「ちょこれーと」

焼き菓子はともかく、チョコレートまで準備されているなんて。

村ではチョコレートを食べたことがないし、スラニタの街で売られているのを見たこともない。きっと高価で珍しいのだろう。

思わず呟《つぶや》くと、キャリエスちゃんがうれしそうに笑った。

「レニはチョコレートを知っているのですね。とても甘くておいしいのですわ！」

「うん。たべたい」

「はいっ！」

私の言葉を聞き、キャリエスちゃんが机のそばに立っている女性に目配せをした。それは、いつもキャリエスちゃんを励ましている制服の女性の一人だ。女性は中央の大皿から、チョコレートを一つ取り、私の前のお皿へと移してくれた。

残りの二人の女性はお茶を淹《い》れてくれたり、サミューちゃんへもお菓子を取ったりと、それぞれ給仕をしている。

女性たちの制服と役割から見るに、キャリエスちゃんの侍女なのだろう。王女様だし、そういうお付きの侍女がいても不思議じゃない。

そうして、侍女たちの給仕で、それぞれのお茶と最初のお菓子が行き渡ると、キャリエスちゃんが、こほんと咳払《せきばら》いをした。

「では、あらためて。今回、レニがいなければ、わたくしたちに甚大な被害があったことは間違いありません。本当に感謝しています」

「うん」

キャリエスちゃんの凛とした言葉に頷いて返す。

幼いのに、しっかりとしているキャリエスちゃんを見ると、すごいなぁと思う。

すると、私の正面に座っている、灰色の髪の壮年の男性が口を開いた。

「私からもお礼を。あなたのおかげで貴き王女殿下と部下たちが助かりました。私はここレオリガ市を含む地の領主をしております。ガリム・ガイラルと申します。伯爵位を賜っています」

「がいらるはくしゃく」

どうやら、灰色の髪の壮年の男性のほうが領主、ガイラル伯爵だったらしい。表情はにこやかで、目が優しく垂れていた。

「儂《わし》からも感謝を伝えさせてもらいます！　市長をしているトーマスと申します。ここに来るまでに殿下が襲われたと聞いたときは肝が冷えました。王族の方をお招きできる機会など少ないのに」

サンタクロースに似た高齢の男性――トーマス市長はそう言うと、わかりやすくほっとした顔をして、胸に手を置いた。キャリエスちゃんが無事だったことも大切だが、自分の管轄地で大変なことが起こるのは避けたかったのだろう。

その口振りに、なるほどと頷く。

立場はいろいろだから、悩みごとはそれぞれ違うもんね。

「ではレニ、どうぞお茶が冷めないうちに」

「うん」

話が続きそうだったけれど、キャリエスちゃんがサッと話を切って、お茶を勧めてくれた。

なので、私も遠慮せず、淹れてもらったお茶を飲んで――

「うん！　おいしい」

「そうですか!?　よかったですわ……！」

「このおちゃ、おはなのにおい」

「はいっ！　バラの香りがするお茶にしてみましたの！」

私の言葉に、キャリエスちゃんの顔がほころぶ。きっと、私のためにいろいろと考えてくれたのだろう。

「ちょこれーともたべてみるね」

「はいっ！」

キャリエスちゃんに伝えてから、ニュキッと猫の爪を出す。そして、猫の爪をピック代わりにして、チョコレートにぷすっと刺した。

……ほら、猫の手だから。

人間の手と違って、小さなものがつまみにくいのだ。すると――

「あ、なかみ……」

ツヤツヤのチョコレートの表面。爪を刺したところから、とろとろとソースがこぼれてきた。

どうやらただのチョコではなく、チョコの中にはソースが入っていたようだ。爪の横から赤いソースが出てきてしまっている……。

急いで、口に入れると、薫り高いチョコレートととろっと染み出たイチゴのソースがとても合っていた。でも……。

「おいしい。けど、そーす、もったいない」

そう。おいしいのに、もったいない。

爪を刺したせいで、ソースがこぼれてしまったが、本来なら、口に入れて噛《か》むと、チョコとソースがいい感じに調和するものなのだろう。

ソースがこぼれても問題なく食べられるが、せっかくのおいしさが半減している気がする。残念……。

人間の手ならば、普通につまんで食べればいいと思うが、猫の手はそういう作業には向いていない。どうしよう。

むむっと眉を寄せる。

すると隣からフゥフゥという息の音が聞こえて——

「レニ様。僭越《せんえつ》ながら私が口元に運ばせていただきます」

サミューちゃんの鼻息と決意の瞳。

うん……。

【猫の手グローブ】を外すわけにはいかない。

だから、食べさせてくれるというのならば、とてもありがたい。が、サミューちゃん大丈夫かな……。倒れない？　今すでに、深呼吸が必要な感じになっているけど……。

「……さみゅーちゃん、めをとじれば、だいじょうぶ？」

「はい、お任せを!!」

サミューちゃんは自分のお皿に載っていたチョコレートをつまむと、私のほうへと慎重に運んだ。手が震えているから、右手でチョコをつまみ、左手でしっかりと手首を固定している。

「深呼吸、深呼吸よ……。私はできるエルフ……やりとげるエルフ……」

サミューちゃんはブツブツと呟きながら、チョコレートを私の口元へ寄せる。そして、ぎゅっと目を閉じた。

私はサミューちゃんが目を閉じたのを確認してから、あーと口を開いて――

「うん！　さっきとちがう！」

チョコレートをかぷっと一口で食べ、歯で割る。すると、イチゴの香りが鼻腔《びこう》までふわっと広がっていった。香りがいいね！

爪で刺したのを食べたときにはなかった。やっぱり口の中で割るのが正解のお菓子だ！

「さみゅーちゃん、すっごくおいしい」

おいしくって思わず顔がにやけちゃう。頬に手を当てて、ふふっと笑ってサミューちゃんを見上げる。

そこには碧色《みどりいろ》の目があって――

「あ、あうっ……うぐっ……ひう……」

あ……。私が名前を呼んだから、サミューちゃん、目を開いちゃったんだ……。

呼吸が止まったり、戻ったり……。

たぶん、いつもなら白目で気を失うやつ。が、今は警戒してくれているんだろう。白目になりそうでならないという怪しい挙動を見せていた。

「……ごめんね……」

思わず謝って、目を逸《そ》らす。

そうしないと、サミューちゃんが大変なことになっちゃうから……。

「れ、レニッ！」

「ん？」

そのとき、キャリエスちゃんに声をかけられたので、そのままそちらを向く。

すると、キャリエスちゃんはその手にチョコレートを持っていて——

「わたくしのは、その、……あの、……オレンジソースなのです！」

「わあ、それもおいしそう」

「で、ですわよね!?」

「うん」

「では、こちらも、ぜひ……っ！」

キャリエスちゃんがそう言って、私の口元へチョコレートをぐっと差し出す。

その手にあるチョコレートは、サミューちゃんがくれたのとは形がちょっと違った。

……これは、このまま食べてもいいってことかな？

爪で刺しちゃうと、ちゃんと味わえないので、それならば非常に助かる。

なので、私はそのままかぷっと一口で食べた。

その味は——

「おいしいっ！」

「そ、そうなのね！」

「うん！　おれんじのすっぱいのあう！」

甘味《かんみ》と酸味がちょうどいい。そして、口の中で割ったから、やっぱり香りがふわーんと広がって、とてもおいしかった！

また顔がにやけてしまって、頬に手を添える。

すると――

「あっ――っ!!」

突然の大きな声。

驚いて、声のしたほうを向けば、そこにいたのは赤い髪の騎士。

どうやら、私とキャリエスちゃんの様子を見ていたようだ。

その表情は雷に打たれたかのように、驚き、目が見開かれていた。

「……失礼しました」

赤い髪の騎士は、そう言うと、サッと目礼をする。その顔がみるみる赤くなっていく。うーん。ちょっと汗もかいてる？　大丈夫かな？　それに体がプルプル震えているようだけど……。

侍女の一人が近づいていって、様子を確認している。どうやらなにもなかったようで、キャリエスちゃんは侍女と目配せをすると、私へと向き直った。

「驚かせてしまい申し訳ありません。あちらは大丈夫なようですわ」

「うん」

それなら、よかった。

「レニ、あの、えっと……、これも、どう……かしら？」

「たべたい」

「ええ！　そうですわよね!!」

キャリエスちゃんはそうやって、次のお菓子を勧めてくれる。

今度はマドレーヌ。小ぶりなシェル型でころんとした形がかわいい。マドレーヌなら猫の手でもつかめたかもしれないが、キャリエスちゃんがまた口元に差し出してくれたので、遠慮なく食べさせてもらった。

うん！　しっとりした生地とふんわりとたまごの香り。これもおいしい！

「レニ様……っ！　レニ様……っ！　私にもう一度、機会をいただけないでしょうか……っ！」

白目との闘いから戻ってきたらしいサミューちゃん。その手にはまんまるのビスケットが。

「れに、それもたべたい」

「はいっ!!　ありがとうございます!!」

お礼を言うのは食べさせてもらっている私のほうなのに、なぜかサミューちゃんが元気よく感謝の言葉を述べる。

そうして食べさせてもらったビスケットはバターがしっかり使ってあるようで、サクサク！

「レニ、では、次はこちらを……」

「レニ様！　こちらを！」

そうして、代わり替わりにお菓子を食べさせてもらうと、あっという間にお腹いっぱいになった。

いっぱいの種類のお菓子をすこしずつ食べられるなんて幸せ……。

頬に手を添えて、ほぅと息を吐く。

「きゃりえすちゃん、ありがとう。とってもたのしい」

「はいっ……！　わたくしも……ですわ！」

キャリエスちゃんはそう言うと、なにかをこらえるようにぎゅっと眉をハの字にした。

「わたくしは……こんなに楽しいと思ったのは初めてです」

キャリエスちゃんの膝の上の手が強く握りこまれる。

そして、そのまま黙ってしまった。

楽しいと言ってくれた。なのに、どうしてこんなに緊張しているんだろう。

「きゃりえすちゃん？」

キャリエスちゃんは迷うように目を揺らして――

そっと呟いた。

「……わたくしはずっと、何者かに狙われているのです」

「……わたくしはずっと、何者かに狙われているのです」

キャリエスちゃんの告白にサミューちゃんと目を見合わせる。

では、ドラゴンが馬車を襲った理由はキャリエスちゃん？

「王宮で事故が多発したり、わたくしの周りにいる者が行方不明になったりというようなものでした。ですが、まさかドラゴンに襲われるなんて……」

キャリエスちゃんの言葉にうーんと考え込む。

「きゃりえすちゃん、おうじょさまだから、ねらわれる？」

王女という立場だからかと思い、そう聞いてみると、それにこれまで黙っていたトーマス市長が首を横へ振った。

「狙われているのはあの予言のせいですからな！」

「よげん？」

「そう！　まったく傍《はた》迷惑な……」

予言とはなんのことだろう。

聞いたことがなく、首を傾《かし》げると、領主のガイラル伯爵がゆっくりと言葉を発した。

「『神の宝を持ったものが現れる』」

柔らかい表情。

その声はどこか夢見るようだった。

「五年前、女神信仰をしている教団の一つが、お告げを受けたそうです。我が国では女神信仰が一般的で教団もいくつかありますが、新しくできたその教団はより強い信仰を求めています。そこがこれまでとの違いですね」

ガイラル伯爵は柔らかい表情のまま、キャリエスちゃんへと視線を移して——

「王女殿下がその人物なのではないかと考えられています」

——予言されたのがキャリエスちゃんだ、と告げた。

その言葉を聞いたキャリエスちゃんは、より眉をぎゅっとハの字にする。

「その教団が予言を受けたころに、わたくしが生まれたからです。けれど、わたくしは、お兄さまやお姉さまと違い、なにも持っていません。髪も目も地味な茶色。特別な力があるわけでもないのです」

小さく震える声。

キャリエスちゃんは、自身のことを予言の人物ではないと否定した。

そして、それに呼応するように白い髭《ひげ》を触りながら、トーマス市長が大きく頷《うなず》いた。

「お告げなど眉唾《まゆつば》ですとも！　殿下が気にすることなどありません！」

「わかっています。みな、新興の教団の予言を信じたわけではないのでしょう。けれど『もしかしたら……』と思っているのはわかるのです。わたくしに会う者はわたくしを見て、興味深そうな、値踏みするような顔をしますわ。……そして、私の容姿や能力を見て、がっかりして帰っていくのです」

つらそうなキャリエスちゃん。

出会ってからずっと自信がなさそうで、すぐに自分を否定するのは、そのせいなんだろう。

勝手に期待されて、勝手に失望される。

キャリエスちゃんにはどうしようもないことで、表情や態度を変える人間を見るのは、きっとつらかったはずだ。

「さらにわたくしの周りで不自然な事故が増え、侍女や騎士が何人もいなくなりました」

苦しそうに震える声は小さくなっていって……。

「こんな容姿でなんの能力もないのに、厄介なことを引き付ける。それが、わたくしなのです……」

消えていく語尾。

キャリエスちゃんはそれでもまたしっかりと前を向いた。

「わたくしはだからこそ、それでもわたくしについてきてくれた侍女たちや騎士であるピオをとても大切に思っています。……レニ、さきほどは本当に申し訳ありませんでした」

キャリエスちゃんが言っているのは、私とキャリエスちゃんが手を繋《つな》いでいたら、赤い髪の騎士に引き離されたことだろう。

キャリエスちゃんと仲良くしようと思っても、難しいということはわかる。キャリエスちゃんが「こんなに楽しいと思ったのは初めて」と言ったのは、それも関係あるんだと思う。

普通の四歳児なら気圧《けお》される。相手は王女様だしね。

でも私は――

「れに、だいじょうぶ」

――最強四歳児なので。

「それに、わかった」

侍女たちがキャリエスちゃんを応援する理由。

赤い髪の騎士が私を警戒する理由。

「きゃりえすちゃんのことがたいせつ。しんぱいだから」

みんなキャリエスちゃんを大好きだから。

「それ、すてき」

きっとキャリエスちゃんはいろいろと苦労しているんだと思う。

それを助けてくれる人がいるのっていいことだよね。

「れに、きゃりえすちゃん、すき」

「……っ⁉　えぇっ⁉」

私の言葉にキャリエスちゃんは頬《ほお》をボッと赤くした。

「きゃりえすちゃんのちゃいろいかみ、ちょこれーとみたいでかわいい」

ふわふわの茶色い髪。

今日食べさせてくれたチョコレートと同じ色。

とってもかわいいと思う。

「きゃりえすちゃんのちゃいろいめ、こうちゃみたいにきれい」

澄んだ茶色い目。

今日準備してくれた、バラの香りのするお茶と同じ色。

とってもきれいだと思う。

「きゃりえすちゃんのこころ、りんとしててかっこいい」

がんばろうっとする、誇り高い心。

今日挨拶してくれたきれいなお辞儀。

自信がなくなっちゃうのは、がんばろうって思うから。それってとてもかっこいいと思う。

「わ……っ！　わたくしは……そんな、そんなことはないですわ……っ！」

「れにのいうこと、しんじられない？」

「ち、ちがいますわ！」

「れに、きゃりえすちゃん、すき」

「つで……でもっ……!?」

「……しんじられない？」

「そ、そうではなく……っ!?」

「れに、きゃりえすちゃん、すき」

私の言うことも否定するので、信じてもらえるまで、何度も伝える。

すると、キャリエスちゃんは、頬を真っ赤にして、目をうるうるさせて「もうっ!!」と怒鳴った。

「わかりました!!　わかりましたわ!!　わかりましたから……っ!!」

「ほんとう？」

「本当ですわ!!」

キャリエスちゃんはこれまで見た中で一番必死な顔をしていた。

うん。伝わったならよかった。

「……ありがとう、レニ」

キャリエスちゃんはうるうるの目をぎゅうっと閉じた。

その途端、雫《しずく》がこぼれそうになる。

けれど、キャリエスちゃんはそうならないように、すぐに目を開けて、上を向いた。

すると――

「あれは……なんですの？」

キャリエスちゃんの茶色の目がある一点を捉える。

そして、私の耳に届いたのは――鈴の音。

「そらから、てき」

腰元につけていた【察知の鈴】がチリンチリンと鳴る。


全員が空を見上げると、そこには――

「よろい」

――全身鎧《よろい》のなにものかが、上空から降りてきていた。


「さみゅーちゃん、みんなを！」

上空からまっすぐに降りてくる全身鎧を確認したあと、すぐにサミューちゃんへ声をかけた。

全身鎧が着地するのは、東屋《あずまや》と門の間ぐらいか。そこからすこしでも離れるよう、サミューちゃんにはトーマス市長やガイラル伯爵、三人の侍女の誘導を頼む。

そして、私はキャリエスちゃんをよいしょ、と抱え上げた。

「れ、レニ!?　わたくしは重いのでは!?」

「だいじょうぶ。れに、つよいから」

そう！　いまの私は【猫の手グローブ】をつけて、【羽兎《はねうさぎ》のブーツ】を履いている。キャリエスちゃんのほうが私より背が高いけれど、抱き上げるぐらい余裕なのだ。

「つかまって」

「は、はいっ！」

いわゆるお姫様だっこ。キャリエスちゃんが私の首元に腕を回したのを確認し、東屋から屋敷に向かって跳んだ。

どうやら、赤い髪の騎士が全身鎧のほうへ向かっていたようで、途中ですれ違った。

赤い髪の騎士はキャリエスちゃんを抱っこして移動する私を見て、びっくりした顔をした。が、立ち止まることはなく、すれ違いざまに私が頷いてみせると、そのまま全身鎧のほうへと走っていった。

「ここでまっててね」

「はいっ！」

屋敷の前にキャリエスちゃんを下ろす。

そこにサミューちゃんが誘導した人たちも集まった。護衛の兵士たちも集まり、人々の周りをぐるりと取り囲む。全身鎧には赤い髪の騎士と何人かの兵士が向かったようだった。

『さみゅーちゃん、きこえる？』

『はいっ！』

周りの人に聞こえないよう、【精神感応《テレパシー》】でサミューちゃんと会話をする。

『れにのちから、ばれないほうがいいよね？』

『そうですね……。王女や助けた兵士には知られていますが、まだ市長や領主に直接見られるのは避けたほうがいいかもしれません』

このお茶会に来る前にサミューちゃんがいろいろと教えてくれた。市長や領主など権力がある者に力を知られるのはいいことばかりではないこと。私は足枷《あしかせ》もしがらみもいらない。

というわけで。

『れに、こっそりたすけにいく』

ね。バレなければいいもんね。

『はい！　では、一度、あちらの木陰へと移動しましょう。私はそこから弓で戦います。レニ様とずっといたと証言しますので、ここにいる者たちにレニ様の強さが明るみになることはないかと。木陰に着いたあと、レニ様は気配を消して、あちらへ！』

『うん。おねがい』

【精神感応《テレパシー》】を終え、兵士の隙間《すきま》からサミューちゃんが飛び出る。

私もそれに続いて、輪から抜け出した。

【魔力操作】を行い、身体能力が上がったサミューちゃんと、【羽兎のブーツ】を装備している私は、普通の人間では不可能な力で、東屋の横の木陰まで一気に到達した。

みんなびっくりするだろうが、ドラゴンを倒したのはもう見るか聞くかしているんだから、これぐらいは問題ないだろう。

そうして、木陰まで来ると私はフードを深くかぶった。

「じゃあ、いくね」

「はいっ！　お気をつけて！」

サミューちゃんに声をかけてから、木陰を飛び出す。

向かうのは全身鎧！

ちょうど兵士三人が全身鎧に向かって、剣を振り下ろしていた。鎧だから剣で切り裂くことはできない。が、衝撃でひるんだり、体勢を崩したりするはず。

しかし――

「ぐわぁ……っ!!」

「つ、強い……これは人間か……？」

「どうなっているんだ……!?」

全身鎧は兵士三人の剣を受けても、まったくひるまない。それどころか剣で受けて、斬撃を放った兵士をそのまま弾《はじ》き飛ばした。しかも、残り二人の放った、肩と背中に入った斬撃にはびくともしていない。

「怯《おび》えるな！」

吹き飛ばされた兵士をかばうように、正面に素早くだれかが回り込みフォローをする。その動きは軽快でとてもしなやか。動きを追うように、赤い髪がきれいになびいた。

「ピオ様！」

兵士二人は全身鎧の力にためらっていたが、赤い髪の騎士のフォローにより、やる気を取り戻したようだ。肩と背中に当てた剣を切り返し、もう一度斬撃を振るう。

そして——

「ここだっ！」

赤い髪の騎士は短くそう言うと、構えた剣をまっすぐに全身鎧の首元へと突き出した。細剣《レイピア》が鎧と鎧の継ぎ目に見事に入る。

これで決まりのはず。だが——

「……くっ、全員、距離を取れ!!」

赤い髪の騎士は凛々《りり》しかった顔を一変させ、細剣《レイピア》を引きながら、後ろへ飛んだ。ほかの兵士もそれに続こうと、急いで剣を引く。しかし、それよりも早く全身鎧が動いた。構えていた剣をまっすぐに横に振ったのだ。

「ぐうっ……!!」

「があ……っ！」

赤い髪の騎士は素早く後ろに引いたために斬撃を受けることはなかった。が、兵士二人はなんとか剣で受けることはできたものの、衝撃をいなすことはできなかったようで、そのまま弾き飛ばされていく。

「あぶない」

兵士のうちの一人が近くの木にぶつかりそうになっていたので、兵士と木の間に飛び込む。そして、【猫の手グローブ】をつけた両手を前へと突き出した。

「にくきゅうくっしょん」

私の言葉と同時に、兵士が私へとぶつかる。すごいスピードだったが、私のピンクの肉球に触れると、兵士はぽわんとその場ですこしだけ浮き上がった。そして、ゆっくりと地面へと落下した。

「……っ……え？」

自分に訪れるであろう衝撃に息を止め、身を固くしていた兵士。状況が呑《の》み込めなかったようで、周囲を見渡した。だれかがいると思ったのかもしれない。もちろん私の姿は見えないので、謎が解明することはないのだが。

「怪我《けが》は！」

「……、ありません！」

不思議そうにしていたが、赤い髪の騎士の声に反応し、すぐに立ち上がる。

どうやら大丈夫だったようだ。向こうに弾き飛ばされた兵士も擦《す》り傷などはあるだろうが、地面から起き上がっていた。

うん。さすが私！　陰からの支援もばっちり！

弾き飛ばされた兵士と木との間に入るなど、本来なら危ない。一緒に潰《つぶ》されてしまうだろう。けれど、【猫の手グローブ】には衝撃吸収の効果もあるのだ！

全身鎧との戦闘に戻るために走っていく兵士の背中を見送り、ふふっと笑う。

そして、まっすぐに全身鎧を見つめた。

「まもの」

そう。あれは人間ではない。

赤い髪の騎士の攻撃はたしかに鎧の継ぎ目に入っていたし、深さも速さも、首に届くものだった。

全身鎧の構造的にそこにはかならず人体があっておかしくない。

異常な力、ひるまない心、そして――鎧には中身がない。

「りびんぐめいる」

――蠢く鎧《リビングメイル》。

目の前にいるのはそう呼ばれる魔物だった。

昔、権勢を振るった王国があった。その王国は魔法の研究が盛んで、人間でも強力な魔法を使えるようにしたのだという。

そして、その魔法の力で世界を席巻した王は、ある一つの野望を抱いた。

――不老不死。

築き上げた名誉と富を不変のものとするため、それを望んだのだ。

国の一大事業として行われた研究は、王が亡くなる直前にようやく完成した。

王都全体を使った魔法陣。中心にある王城にすべての力を集め、行使する。

すでに死期が迫っていた王は、魔法陣の完成を喜び、早速、魔法陣を発動させた。

その結果――

「ただの、まものになりさがった」

やれやれである。

【彷徨《さまよ》える王都　リワンダー】とゲームで呼ばれ、死霊系の魔物がたくさん出るダンジョンだった。

ゲームのシナリオを進めるとわかるが、魔法陣は人間には扱いきれるものではなかったのだ。魔法使いたちの構想では、肉体と魂を分離させ、魂を物体へと定着させる。そうすることで不老不死が実現するはずだったが、人間の魂はその力に耐えきれず壊れてしまう。

王都全体を使った魔法陣は強力で、王都の民や王城に勤める者たちも巻き込み、全員が肉体を失い、それぞれの壊れた魂が別のものに定着してしまったのだ。

【蠢く鎧《リビングメイル》】は騎士の魂が鎧に定着してしまった魔物。

ゲーム内ではその王都から出てくることはなかったが……。

「射《う》ちます！」

ふむ、と考えていると、サミューちゃんの凛《りん》とした声が響いた。

弓を構えたサミューちゃんが、リビングメイルへと矢を放つ。

碧色《みどりいろ》の目がきらっと輝いていたから、魔力も込められているのだろう。

矢は光をまとい、全身鎧の胴の部分へと突き刺さった。

「ギギィギッ……」

リビングメイルは金属が擦《こす》りあわされたような奇妙な声を上げて、一歩後退する。

物理攻撃には強いが、魔法は効くようだ。

リビングメイルは胴に突き刺さった矢を抜くと、それを握りしめて折る。半分に折れた矢はバラバラと地面に落ちていった。

「嘘《うそ》だろ……」

「中身が……ないっ……！」

「魔物か……」

大きく穴が開いた鎧。そこはがらんどうになっていた。全身鎧の中に人がいないことに気づいた兵士たちの顔色が悪くなる。

するとサミューちゃんの凛とした声がもう一度響いた。

「恐れるのならば、引いてください。邪魔です」

そして、矢を放つ。

けれど、リビングメイルはその攻撃に気づいたようで、持っていた剣でサミューちゃんの矢を払い落とした。

魔力を帯びた矢が地面に落ちる。

リビングメイルも矢を放った強敵が魔力を持つサミューちゃんであると気づいたのだろう。ギシギシと金属を軋《きし》ませながら、サミューちゃんのほうへと近づこうとした。

「僕は引かない！　剣を！」

声とともに、赤い髪の騎士がリビングメイルへと斬りかかる。

その手には最初に構えた【細剣《レイピア》】ではなく、兵士の持つ片手剣が構えられていた。

「はぁっ！」

赤い髪の騎士は素早くリビングメイルの懐へと入ると、右肩に向かってその刃先を突き入れた。

これはさきほど、リビングメイルの喉元を狙った攻撃と同じだ。鎧の継ぎ目へと刃を入れる方法。

けれど、さっきと違って――

「はっ！」

赤い髪の騎士はそのまま体当たりするように、リビングメイルを押さえ込んだ。

リビングメイルは通常ならそんなことで体勢を崩すことはないのだろうが、そこにサミューちゃんの矢が入った。

「射ちます！」

矢はリビングメイルの左膝を捉え、大きく穴が開く。

不安定になったリビングメイルは、背中から地面に倒れこんだ。

そして、赤い髪の騎士は右肩に突き入れた剣をそのまま、地面へと刺して——

「なるほど」

どうやら、赤い髪の騎士はリビングメイルが全身鎧であることを利用し、鎧を地面に固定していくつもりのようだ。

……地面って硬いのにすごい。

私はおたまでカリカリやって一〇センチぐらいで疲れ切っていたのに、赤い髪の騎士はこともなげに剣を突き刺している。

倒れこむ力があったとはいえ、赤い髪の騎士がかなり強いことが窺《うかが》えた。

【細剣《レイピア》】から片手剣に持ち替えたのも、初めからこうするつもりでいたからだろう。

「剣を！」

「つ、はいっ！」

赤い髪の騎士の声に、兵士の一人が慌てて手に持っていた剣を投げる。

赤い髪の騎士は剣を受け取ると、次は穴の開いた胴体に突き刺した。そうして、また次の剣を受け取る。

結果、右肩の継ぎ目と胴の穴、そして左膝の穴に剣が突き刺され、地面に固定された。

「イギィィィイ」

リビングメイルは金属の擦れあう音を響かせながら、なんとか立ち上がろうともがいている。が、赤い髪の騎士の剣はしっかりと地面に突き刺さっていて、動くことは難しそうだ。リビングメイルには体力や昼夜は関係ないので、こうしてもがいていればいずれ抜け出ることもできるかもしれないが……。

「動きは封じた。あとは核を潰せば――」

「あの魔物に核などは存在しません」

赤い髪の騎士がリビングメイルから距離を取りながら、兵士へと指示を出す。しかし、途中でサミューちゃんがそれを遮った。

「魂が定着したものを魔力で消すしかありません。今回であればこの鎧を一気に魔法で消す力が必要です」

「そうか……」

「そして、私は矢に魔力を込めることは可能ですが、すべてを消す力はありません」

サミューちゃんの言葉に赤い髪の騎士が眉を顰《ひそ》める。

きっと、この場に魔法使いはいないのだろう。ここで魔法を使えるとすればサミューちゃん。けれど、そのサミューちゃんもすべてを消すことはできないようだ。

とすると、リビングメイルはこのまま……か、あるいはもうすこしサミューちゃんに矢を射ち込んでもらって小さくしておくか……。

たぶん、私が考えていることと同じことを赤い髪の騎士も考えているのだろう。

赤い髪の騎士はすこし迷って……。それからサミューちゃんへと近づいた。

すると――

「ピオ！　後ろよ!!」

屋敷のほうから、突然、大きな声が響いた。声の主は――キャリエスちゃん。

キャリエスちゃんは赤い髪の騎士の背後、動きを封じられたはずのリビングメイルを見ていた。

「ギ、ィ……」

『カ、エ……』

剣を突き立てられた右肩の腕が外れた。

「イ……ギィ……」

『リ……タイ……』

左膝も外れ、左手で胴の剣を引き抜いたリビングメイルは、その剣を支えにし、右足一本で立ち上がった。

そのまま赤い髪の騎士へと不格好な歩みで近づいていく。

「ギィ、イ」

『カエ、リ』

その姿に赤い髪の騎士は急いで振り向き、剣を構えた。サミューちゃんも弓を構える。

そして、私は――

「……こえが、きこえる」

……なぜかはわからない。

けれど、金属の擦れあう音の、意味が分かる。

【精神感応《テレパシー》】とはまた違うような……。けれど、同じような。きっと、私にしか聞こえていない。

「ギイ、イ……ギイ……」

『カエ、リ……タイ……』

帰りたい、返りたい、還《かえ》りたい。

リビングメイルが……定着した魂の持ち主が、果たしてどういう意味で言っているのか。本当の気持ちはわからない。

ただこの全身鎧からは解放しなければ……。

「かえろう」

胸が熱い。

その熱さを右手に集めて……。そしてそのままリビングメイルへと突き出した。

「ひかりになぁれ！」

私の右手から出た光がまっすぐにリビングメイルへと進む。

白い光は、全身鎧へと当たった瞬間、パッと周囲へと広がった。

そして、きらきらと輝いて――

『アリ……ガ……』

――昇っていく光。

まぶしさが消えると、全身鎧はガチャンと音を立てて、その場で崩れ落ちた。


『レ、レニ様!?　さきほどの光は……！』

『むねがあつかった。あつまれっておもったら、ひかりがでた』

『わかりました。まずはすぐに私のいる木陰へ戻ってきていただいてもいいでしょうかっ？』

『うん』

サミューちゃんの焦った声が【精神感応《テレパシー》】で響く。

どうやら、今の場所から離れたほうがいいようなので、すぐに大きく跳んで、サミューちゃんの隣へと着地した。

『レニ様、木陰に着いたらすぐに気配を現していただいて――』

「うん。もういる」

「はいっ！　ではこちらへ」

フードを下ろして、姿を現す。

ちゃんと木陰でやったので、だれにも見られてはいないだろう。

するると、赤い髪の騎士が走って、私の元いた場所に行ったようで——

「ここから光が出たはず……」

赤い髪の騎士は光の発生源を探しているらしい。

すでに私はそこにはいないので、木が一本あるだけだが。

「ピオ様っ！　こちらの鎧はすでに機能を停止したようです」

「そうか……」

赤い髪の騎士が光の発生源を調べているあいだに、兵士三人で全身鎧を調べていたようだ。

さっきまでと違い、リビングメイルは、まったく動かない。ただ鉛色の鎧が重なり転がっているだけだ。

赤い髪の騎士は兵士の報告を聞くと、その目をサミューちゃんに向けた。

「僕には浄化されたように見えた。……君かい？」

「私はここにいました」

「……そうだね。君は先ほど魔物を消す方法を告げ、自分にはその力がないと説明していた」

「光の出た場所と私とは離れています。レニ様はここにいらっしゃったので、離れるわけにはいきません」

サミューちゃんはそう言うと、私に向かって目配せをした。

うん。わかった。

「れに、ここにいる」

そう言いながら、木陰から出る。

たぶん、私が光を出したことをサミューちゃんは隠そうとしているのだ。なので、私もそれに合わせた。……合わせられたと思う。

「まずはその鎧をもうすこし調べてはどうですか？　周囲への警戒も必要なはず。どこから来たのか、なぜ空から現れたのか、他にいないか。それらを考えることをしなくていいのですか？」

サミューちゃんが冷静に流れるように告げる。

赤い髪の騎士は私とサミューちゃんを交互に見て、「わかった」と頷いた。

「調べよう」

そう言うと、赤い髪の騎士は踵《きびす》を返し、全身鎧のほうへと向かっていった。

さすがサミューちゃん。うまく光についての話を切り上げてくれた。

「レニッ!!　レニッ!!　大丈夫、ですか!?」

危険が去ったことが、キャリエスちゃんにも伝わったのだろう。

屋敷の前で避難していたキャリエスちゃんが走ってくる。

ドレスで走るのは大変だろうが、キャリエスちゃんは息を切らしながら、まっすぐに私へと向かってきた。

「ど、どこか怪我は？」

「だいじょうぶ」

私の元まで走ってきたキャリエスちゃんは、心配そうに私を見ながら、胸の前で手を組む。なので、安心させるようにその手をぎゅっと包んだ。

「れに、つよいから」

「そっ……!!　そうでしたわね……っ!!」

「きゃりえすちゃんはこわくなかった？」

「大丈夫ですわっ!!」

キャリエスちゃんはそう言いながら、顔をぼっと赤くした。

そう。今は大丈夫。でも――

「ふあんだよね」

生まれてからずっとなにかから狙われて。逃げるように出た先で今度はドラゴンに襲われ、リビングメイルに襲われた。

この先もまたなにかに襲われたら？

赤い髪の騎士はとても強いと思うし、周りの人もキャリエスちゃんを守ろうとしている。だから、その手伝いができるように……。

「これ、あげる」

私はそう言ってから、腰元につけた【察知の鈴】へ手を伸ばした。

猫の手だと結び目をほどくのが難しそうだったので、爪でストラップを切ってしまう。

「これ、てきがきたら、なる」

「鳴る……？　それはどういうこと？」

不思議そうにしているキャリエスちゃん。

その右手を取り、てのひらに【察知の鈴】を載せた。

「てきがきたら、すずのおとがする。あげる」

「えっ……え、でも、これはレニのものですわよね？」

「うん。れにの」

キャリエスちゃんはまだ混乱しているようだったけど、とりあえず手に載せられたものを見ることにしたらしい。

そのままそっとキャリエスちゃんの目線まで、右手を持ち上げて――

「とてもかわいいですわ……」

「きんいろのすず、かわいいよね」

私もこのまるっとしたシルエットがかわいいと思う。

なので、ふふっと笑うと、キャリエスちゃんはポーッと私を見つめた。

そして、はっと気づいたように顔を振る。

「いけませんわっ！　これはレニがつけていたものです。もらうことなんて……！」

「てきがきたら、かってにおとがする。べんり」

「敵が来たら感知して音が出るってことですの⁉」

「うん。つけてるひとだけ、わかる」

「そ、そんなすごいものであるならば、もっともらえませんわ！」

キャリエスちゃんはびっくりした顔をして、【察知の鈴】を慌てて私に返そうとしてくる。

うーん。どうやら、肝心なところが伝わっていないようだ。

「きゃりえすちゃん、ふあん、すくなくなる」

「私の……不安？」

「うん。おとがしたら、あぶない。でも、おとがしないならだいじょうぶ」

私の言葉にキャリエスちゃんはきょとんとした顔をした。

そう。【察知の鈴】は敵がいると鳴るというアイテムだが、逆に考えれば、音が鳴らないときは安全なのだ。

「おとがしたら、すぐにみんなにつたえる。そうじゃないときはゆっくりできるよ」

がんばり屋のキャリエスちゃん。

「やすめるじかん、できるように」

すこしでも不安が減るように。

「もらってほしい」

「レニ……。でも、レニが困ることはないんですの？」

「れに、つよいから」

装備品はほかにもたくさんある！

なので、大丈夫だと頷くと、キャリエスちゃんは右手をぎゅっと握り、大事そうに左手を添えた。

「とても、大切に……大切にしますわ」

内幕　レニは天才

一波乱あったお茶会が終わり、夜になった。

赤い髪の騎士、ピオはリビングメイルの発生源の調査や周囲の探索をしたが、思ったような成果はあげられなかった。

とにかく、周囲にほかのリビングメイルは見つからなかったため、キャリエスはトーマス市長の家へと泊まることとなった。

本来の旅程では一泊して、すぐに領主のガイラル伯爵とともに一番安全だと思われる領都へと旅立つはずだった。

しかし、ドラゴンとリビングメイルに襲われた状況を鑑み、ガイラル伯爵は一度領都へと戻り、警備を増やし、キャリエスを迎えに来ることとなった。

それまでの警備は現在の人数で回すことになるが、そこにレニとサミューも加わる。そうすれば安全だろうという判断だ。

現在、トーマス市長の家に泊まっているのは、レニ、サミュー、キャリエス、ピオ、そして侍女三人と警備の兵士たち。

トーマス市長は笑顔でそれを受け入れ、ガイラル伯爵はリビングメイルの事件のあと、すぐにレオリガ市を発《た》った。

「今日はいろいろありましたわ……」

キャリエスはすでに寝支度を整え、ベッドへ入っていた。

その手に握られているのは金色の丸い鈴。レニからもらった【察知の鈴】だ。

仰向《あおむ》きだった体を動かし、横向きへと変える。そして、そっと手を開いた。

「……かわいい」

キャリエスは自分の頬《ほお》が緩むのを感じた。

それも仕方がない。キャリエスにとって、それは初めてのことだったのだ。

「お友だち……と言ってもいいのでしょうか……」

ぼそりとこぼした言葉に返答はない。

寝る前に侍女とは話し、侍女たちはレニは友だちといっていいだろう言っていたが、いまだにキャリエスにはその自信がなかった。

「あんなにかわいくて……強くて……かっこよくて……。そんな子がわたくしと友だちだなんて……」

嫌ではないだろうか。迷惑ではないだろうか。

キャリエスが心配しているのは、自分の心がレニの迷惑になること。

厄介者の第二王女。自分のことを地味で弱いと感じているキャリエスは、邪魔者になることが最もつらかった。

「王都にいたほうがよかったのでしょうか……」

もともと王都にいたキャリエス。王都から離れたのは、兄である第一王子が立太子の儀式をすることになったからだ。

立太子の儀式は盛大に行われる。王都には人が集まり、王宮自体も人の出入りが激しくなる。そうなると、キャリエスの身はこれまでよりも危険になることが予想された。

さらに、立太子の儀式には他国の位が高い者もやってくる。王族の一員として参加できるはずだが、キャリエスはそこで問題が起きるのを嫌った。兄の邪魔になることが嫌だったのだ。

家族は警備を強化することや、キャリエスを邪魔と思っていないことを何度も伝えたが、キャリエスは王都から離れることを選んだ。

けれど、そのせいでドラゴンやリビングメイルに襲われてしまった。果たして、キャリエスの選択は正しかったのか……。

キャリエスはぎゅっと眉間にしわを寄せた。

「……わたくしは、わたくしのできることをやるまでです」

いつだって選択に自信はない。

けれど、キャリエスはそう言って自分を鼓舞してきた。

期待外れだと陰口を叩《たた》かれても、その陰口を言っていた人が目の前でにこにこ笑いながらお世辞を言ってきても。いつも周りを警戒し、王女としての矜持《きょうじ》だけは失わないように。

そんなキャリエスを支えてくれる者もできた。

しかし、信じられる者はわずかしかおらず、気づけば内に内にこもってしまう。

だから――

「レニ……」

その名を呟《つぶや》けば、キャリエスの胸はぽっと温かくなった。

眉間のしわもゆっくりとほどけていく。

「……王都を出なければ会えなかった」

選択に自信はない。

だが、レニのことを考えれば、自分は素晴らしい選択ができたのだ、と自然に思えた。

「……レニ」

もう一度、呟く。

やはり胸は温かくなった。

「レニ」

もらった鈴をぎゅっと握って。

――出会えてよかった。

「レニ」

金色の丸い目。銀色の髪がさらさらと揺れ、ふふっと笑う。

その笑顔を想像すれば、キャリエスの胸から不安が消えていって――

「明日は……なにをしたら楽しいでしょうか……」

レオリガ市を発つまではレニがいてくれる。

その間にまた楽しいことができればいい。

「レニ……」

ゆっくり目を閉じる。

温かい胸に安心して身を委ねれば、ゆっくりと意識が沈んでいった。

手に握った鈴が鳴ることはない。

キャリエスは久しぶりにぐっすりと眠れた。

第四話　教団が怪しいです

リビングメイルに光を放つと、ただの鎧《よろい》に戻った。

この現象を赤い髪の騎士は『浄化』と言い、サミューちゃんは私がそれをしたことを隠したいようだった。

サミューちゃんは領主であるガイラル伯爵と、レオリガ市のトーマス市長を警戒していたようだし、バレないほうがよかったのだろう。

結果、赤い髪の騎士が、意味深に私を見る回数が増えたものの、他の人が私を気にしている様子はない。たぶん、大丈夫。

私が光を出したことを、サミューちゃんは魔法ではないか、と言っていた。

今の私は封印されているため、魔法が使えない。エルフに流れているはずの魔力が循環していないからだ。

しかし、ドラゴンを倒したときに、サミューちゃんは私から魔力を感じたという。そして、今回もやはり魔力を感じたらしい。

なにもないときに、再現しようとしてもできないのだが、きっかけがあると使えることがあるようだ。

魔力を使えるようになる条件については、また考えていくとして、気になることが一つ。

それは——

「よげん、みんなしってる?」

——予言について。

『神の宝を持ったものが現れる』

女神信仰をしている新興の教団がそのお告げを受けたらしい。

キャリエスちゃんはその予言された者ではないかと考えられていて、いろいろと苦労しているようだった。

予言があったのは、ちょうど生まれたころだとキャリエスちゃんは言っていた。キャリエスちゃんと私は年が同じぐらい。

だから、私は思ったのだ。予言されたのは——

——私ではないのか。

お茶会が終わったあと、泊まることになったトーマス市長の屋敷。その一室で私とサミューちゃんはソファに座っていた。

私の質問にサミューちゃんは、困ったように眉をすこし寄せる。

なにを言うべきか考えているのだろう。すこし間があってから、ゆっくりと言葉が紡がれた。

「……その予言は一種の流行《はや》りのようなものです。レニ様が生まれる前にその教団が流布しました。

人間たちはみな、自分のこどもがそうであればいいとすこし期待して……。その年に生まれたこどもはこれまでよりも大切に育てられたようです」

サミューちゃんは誤魔化さない。

そこまで話したあと、一度、目を閉じた。

「そして、今……。そのこどもたちが各地で攫《さら》われ、売られ、行方不明になる事件が増えています。

……スラニタの街のように」

スラニタの街の街長《ちょうちょう》シュルテムは権力を盾に、女性を集めていた。その女性たちは解放したものの、一緒に集められていたこどもたちはすでにシュルテムの屋敷にはいなかった。そして、こう言っていた。

・依頼されて、こどもを集めていた
・ちょうど私ぐらいの年齢
・とくに外見に特徴があるものや才能に秀でたものがよい
・依頼主はわからない
・だが、他の大きな街の街長からの紹介だった
・売れば金になるし、顔も広くなる

そのことと、今回の予言の話を合わせて考えれば、おのずと答えは見えてくる。

こどもを集めていた理由は——

——『神の宝を持つもの』を探すため。

「女王様と人間の男……レニ様のお父さまとお母さまも予言について知り、レニ様を隠すように育てたのだと思います」

「うん」

「女王様は宝玉の力で人間となりました。もしかしたら……と考えていたのだ、と」

「うん」

きっと母は私を身ごもったときに感じたものがあったのだろう。父もああ見えて勘が鋭い。二人で相談して、私の出生を村には届けず、死んだことにした。だから、私には証明書がないのだ。

そのおかげで、私はほかのこどもたちのように攫われたり、売られたりすることなく元気に過ごすことができた。

サミューちゃんがゆっくりと目を開く。その碧色《みどりいろ》の目はつらそうに揺れていた。

「これまで伝えずにいたこと、申し訳ありません」

サミューちゃんの謝罪。

きっと、サミューちゃんはすべてがわかった上で……。私が『神の宝を持つもの』であると考えた上で、こうして旅に出てくれたのだろう。

今まで、私にたくさんのことを教えてくれたサミューちゃん。こどもだからと誤魔化すことはなかった。そのサミューちゃんがこのことを黙っていたのは……。

「さみゅーちゃんのりゆう、わかる」

きっと、迷って……。

「れにのこと、かんがえてくれた」

私が不安にならないように。私が自分を責めないようにしてくれたのだと思う。

だから――

「だいじょうぶ」

予言のこどもが私だとして。

そのせいで、こどもたちが行方不明になっているのだとしたら――


「れににおまかせあれ！」


胸に手を置いて、ふふんと胸を張る。

最強四歳児なので！

「ぜんぶ、たおす。みんなたすける」

「つはい！」

私の言葉に、サミューちゃんが目を柔らかく細める。

そして、しっかりと頷《うなず》いてくれた。

「こどもたちの行方について、情報を集めました。やはり教団が怪しい。ただ、表向きは慈善事業を施す団体です。そして――どうやら、この国の中枢とも繋《つな》がっているかもしれません」

「……きゃりえすちゃんをねらっているのも？」

「まだ確証はありませんが……」

サミューちゃんはそう言うと、ソファから下り、私の前で片膝を立てて屈《かが》んだ。

「レニ様の助けとなれるよう、今後も精進していきます」

「うん。……でも、さみゅーちゃん、いつもかっこいいよ？」

「んぐっ……ぐうっ……レニ様にそう言っていただけること、本当に光栄ですっ」

サミューちゃんは一度深呼吸をして、落ち着いてから私を見上げた。

「これから、この市長宅を家捜《やさが》ししてきます」

「やさがし？」

「はい。これだけ大きい市ですから情報も集まっているはずです。こうして屋敷に堂々と入れたのは僥倖《ぎょうこう》でした。この市の周りでこどもは行方不明になっていないか、どこか不自然な場所はないか。……そして、市長がシュルテムのように、どこかと繋がっていないか、調べます」

「うん。おねがい」

さあ、こどもたちを助け、キャリエスちゃんを守るため、教団を調べましょう！


それから一週間。私はトーマス市長の屋敷に滞在した。

キャリエスちゃんと庭を探索したり、ごはんを食べたり。そして、サミューちゃんはレオリガ市とその周辺の街や村の様子を探りながら、情報を集めてくれた。

結果、トーマス市長は悪事に手を出していない、と判断した。

レオリガ市周辺でもこどもが何人か行方不明になっているが、トーマス市長が関わっている様子はなかったのだ。

サミューちゃんによると、トーマス市長はキレ者というわけではないが、無難に市政を運営しているらしい。大きな野心もなく、レオリガ市の市長という立場に満足している様子で、引退まで問題を起こさないことを目標としている。スラニタの街長、シュルテムのような上を目指すような者ではないので、危険を冒すタイプではないのではないか、ということだ。

【察知の鈴】が鳴った様子もない。

キャリエスちゃんにとっての敵もいないのだろう。この一週間はキャリエスちゃんの身に危険はなく、楽しく過ごすことができた。

明日、領都に戻ったガイラル伯爵がキャリエスちゃんを迎えに来る。

襲われて壊れてしまったキャリエスちゃんの馬車を新しいものにし、警備の兵士を増やしたようだ。

警備の人数が増えるとはいえ、またドラゴンに襲われた場合に必ず勝てるという保証はない。が、キャリエスちゃんを逃がすことは可能だろうと兵士が話しているのを聞いた。なによりも今回は赤い髪の騎士が合流しているから、みんなの士気が違うらしい。リビングメイルとも戦えていたし、とても強いしね。

「レニ様、一つ、情報を得ました」

出発の前の夜。サミューちゃんは部屋の中でそう切り出した。

「近くに不審な村があります」

「ふしん？」

「はい。レオリガ市やその周辺の街村ではやはりこどもが行方不明になる事件や売られたと思われるこどもの噂《うわさ》があります」

「うん」

「しかし、なにも起こっておらず、こどもについての噂が一切立っていない村があるのです」

たしかに妙だ。

スラニタの街と父母が暮らす村のように、大っぴらに事件が起こっていないとしても、レオリガ市の周辺でも、こどもは行方不明になっている。そのことに関して、なにも噂が立たないのは……。

「ふしぜん」

「はい。村人たちがその話題を避けているように感じました。そして、村には教会らしき建物もあり、それは新興の教団のものではないか、と」

サミューちゃんが私を見つめる。

私はそれに、うんと頷いた。

「いこう」

キャリエスちゃんと一緒に領都まで行くのもいいかと思ったが、せっかくだから、そちらに足を運んでみてもいいだろう。
・キャリエスちゃんの身はしっかり守ってもらう
・私は根源を潰《つぶ》す
やはり、元を絶つことが大切だ。

よくわからないものに襲われ続けて、その度にそれを倒すよりも、そもそもそんなものに襲われないほうがいいだろう。

教団がドラゴンやリビングメイルを操れるのかは疑問が残る。が、キャリエスちゃんが襲われているのは偶然だとも思えないし……。

というわけで。

「きをつけてね」

「はいっ！　……とても残念です。本当に楽しかったのですわ」

「うん。れにもたのしかった」

出発の朝。たくさんの警備の兵士とともに迎えに来たガイラル伯爵とともに、キャリエスちゃんは領都へと向かう。

馬車は二台。ガイラル伯爵は前方の馬車、キャリエスちゃんは後方の馬車といった感じで隊列を組んで進むようだ。

すでに、ガイラル伯爵は馬車に乗り、兵士たちも持ち場についている。

私はキャリエスちゃんが馬車に乗り込む前に、別れの挨拶をしていた。

「こまったらよんで」

キャリエスちゃんを勇気づけるように頷く。

「すぐにいくから」

「……っ……はいっ！」

「あと、あげる」

「え、え……？」

「こまったらつかって」

そう言って、袋を渡した。

袋の中身はアイテム。【回復薬（神）】、【身代わり人形】、【回避の護符（特）】、【閃光石《せんこう》】、【花火石】を入れた。結果、思ったよりも袋が大きくなってしまった。

もしものとき、戦うというよりも、キャリエスちゃんが逃げ切れることを第一に考えて選んだものだ。

「これのむと、げんきになる。これはもってるとかわりになってくれる」

「レ、レニ、ちょっと待ってほしいのですわ！」

袋の中身を示しながら、説明をしていたのだが、キャリエスちゃんの焦った声がしたので中断する。

キャリエスちゃんの顔は赤くなったり、青くなったりと忙しそうだ。

「こんなに素晴らしいものをもらうことはできませんわ…っ！」

「いや？」

「いえっ、違いますわっ！　本当にとてもうれしいのです。しかし……っ」

「ちょっとおもかったかな……」

一応、キャリエスちゃんが持ち運びできて、簡単に使えるようなものを選んだつもりだが、【回復薬（神）】がどうしても重くなっちゃったんだよね。でも、怪我《けが》をして動けなくなることもあるだろうし、やはり一本は持っておいてもらいたい。

「これも……かわいくないかも……」

父にも大量にあげた【身代わり人形】。父はいつも持ち歩いてくれたが、幼い女の子が持つにはちょっと民芸品の香りが強すぎる。

私がむむっと顔をしかめると、キャリエスちゃんはすこし考えて……。そして、「もう！」と叫んだ。

「重くなんてありませんわ！」

キャリエスちゃんが、私から袋を受け取り、しっかりと持ち上げる。

「これも素敵ですわ！」

そして、【身代わり人形】を取り出し、ぎゅっと抱き寄せた。

うん。どうやら、もらってくれるみたいだ。

「よかった」

なので、ふふっと笑う。

すると、キャリエスちゃんもほっとしたように笑ってくれた。

「じゃあ、またせつめいする。これはじめんにうめると、てきがこなくなる」

「これですわね。わかりました」

【回避の護符（特）】は父母の家を隠蔽《いんぺい》するのにも使った。もし、キャリエスちゃんが逃げた先で使えば、姿をくらませるはずだ。

「このきいろいいし、なげたらひかる」

「投げたら光る？」

「うん。まぶしいから、てきがこまる」

「わかりましたわ」

黄色い石は【閃光石】。要は目くらましができるアイテムで、ゲームだと敵が数ターンだけスタンするものだ。小さくて軽いし、使用方法も投げるだけ、と簡単。

「このあかいいし、なげたらそらにむかってひばながちる」

「投げたら、空で火花が散るんですのね」

「うん。きゃりえすちゃんのいばしょがわかる」

最後の赤い石は【花火石】。投げたら打ち上げ花火みたいになって、空に目印が浮かぶ。ゲームではこの花火の模様を自分でデザインできた。そんなに長く残らないけれど、周りから見れば一目瞭然だし、花火が消えたとしても、噂をたどることは可能だろう。

キャリエスちゃんはアイテムの説明を真剣に聞いてくれた。きっと、うまく使ってくれるだろう、すると――

「……殿下」

赤い髪の騎士が私とキャリエスちゃんの話が終わったのを見計らい、キャリエスちゃんに声をかけた。

今回は「無礼だ」と引き離されることはない。それどころか――

「殿下以外に膝をつくことを許可していただきたい」

「……っピオ！　ええ。もちろんです。構いませんわ！」

赤い髪の騎士はそう言うと、私の前に膝をついた。サミューちゃんがいつもする、あの片膝立ちだ。

びっくりしていると、そっと右手を取られ……。

「先日は君のことをよく知らず、失礼なことをした」

そのまま、赤い髪の騎士の額にそっと押し当てられた。

「すまなかった」

それが外されると、赤い瞳が真摯《しんし》に私を見つめている。

「……あのとき、押した肩は痛くないだろうか？」

たぶん、赤い髪の騎士が「無礼が過ぎる」と言って私とキャリエスちゃんの間に入ってきたときのことだろう。とくに痛みは残っていない。

「だいじょうぶ」

なので、問題ないと頷くと、赤い髪の騎士はほっと息を吐いた。

そして、また私を見つめる。

「殿下の笑顔を引き出してくれた。そしてずっと守ろうとしてくれている。……本当にありがとう」

「うん」

赤い髪の騎士が本当にキャリエスちゃんを大事にしているのがわかる。

「ピオと呼んでほしい」

「れにだよ」

お互いに改めて自己紹介。そして、私は赤い髪の騎士――ピオちゃんの手を取って、立ってもらった。

いつまでも膝をついていたら、痛くなっちゃうしね。

「では、レニ君、またの機会に」

「レニっ！　また会いましょう‼」

キャリエスちゃんは馬車に乗り、ピオちゃんは馬に乗っていく。

「うん、またね！」

私はそれに手を振って……。

ずっと待ってくれていたサミューちゃんへと振り返った。

「それじゃあ、むらへいこう！」

「はいっ！」

不自然なほど、こどもの噂が流れない村。

行ってみましょう！

キャリエスちゃんたちと別れ、村へと向かう。筋力トレーニングのため、歩いていった。装備品は外したけど。

レオリガ市を出たのは朝だったのに、たどり着いたのは夕方。ちょうど夕食の準備をするぐらいかな。

レオリガ市に比べると小さな村。父母の村よりはちょっとだけ大きいが、大差ないだろう。ぽつんぽつんと家が立っていた。

「ここがニグル村です」

「うん。……へんだね」

「はい。やはりレニ様も感じますか」

村の入り口でサミューちゃんと視線を交わしあう。

一見すれば普通。だけど――

「ひとどおりがない」

「はい。この時間であれば帰宅する者や、こどもの声、夕食を支度する音などがあるはずなのですが……」

「しーんとしてるね」

なんだろう。この感じ。問題があるようには思えないのに、ひっそりとしている。なにかから隠れているような……。

「ねこになるね」

「はい」

とにかく【猫の手グローブ】と【羽兎《はねうさぎ》のブーツ】を装備。そして、あと一つ。これでなにかあっても安全だ。

そうして、サミューちゃんと手を繋いで村へと入る。最初に向かうのは村の外れにある教会らしい。

結局、村の人とは一度もすれ違うことはなく、教会へとたどり着く。

白い壁とオレンジ色の屋根。一部は塔のようになっていて、そこには大きな鐘がついていた。転生前によく見た教会と変わらない。

けれど、一部だけ違っていて……。

「あれ、はなかんむり？」

「はい。この教団のシンボルはあのような、花を円にしたものなのです」

塔の部分に描かれたもの。それは花かんむりだった。私がよく見ていたのは十字架だったので、ちょっと不思議な感じ。でも、当たり前だが、世界が違えばシンボルも変わるだろう。

「建物の見た目は他の宗教のものとあまり変わりはないように思います」

「はいってみる？」

「そうですね」

サミューちゃんに確認し、教会の入り口へ近づく。装飾の施された茶色い木の扉、そこに花の形をしたドアノッカーがついていた。金属製で、サミューちゃんが使うと、カンカンと音がした。きっと、中にも響いているだろう。

「はい、ご用件は？」

すこし経《た》って、人が出てきた。

その人は白くて丈の長い服を着ていて、肩に緑色の布を垂らしていた。

聖職者という感じの壮年の男性だ。

「中を見学させてください」

すると、男性はサミューちゃんが用件を告げる。サミューちゃんへと視線を向け——

「な、なんと……！　エルフのお方ですか……!?」

「見た通りです」

「おお……ッ！　なんという僥倖。このような田舎の村へようこそお越しくださいました。夢のようです。これも女神様のご加護ですね」

男性は大仰に驚くと、その場で手を組み、目を閉じた。祈っているって感じかな。

口振りからして、サミューちゃん個人に対してというよりも、エルフという種族に対しての信仰のように思える。

サミューちゃんはそんな男性の態度に反応することはなく、ただいつも通り冷静に言葉を続けた。

「それで、見学は可能なのですか？」

「はいっ、もちろんでございます。さあ、どうぞこちらへ」

サミューちゃんの視線を受け、男性が慌てて、扉から体を避《よ》ける。そうすると、教会の中がしっかりと見えた。

「わぁ……きれい」

「そうでしょう。ここは女神様を信仰する場。美しいものを大切にしております」

思わず漏れた歓声に、男性が頷く。

その言葉通り、教会の内装はとてもきれいだった。広さはちょっとした講堂ぐらい。真っ白な床と壁で、普通の家より天井が高い。そして高い壁の上方にはきれいなステンドグラスがはめられていた。片側の壁のステンドグラスに西日が差し込み、斜めに光を落としている。ステンドグラスにはさまざまな色が使われていて、それを写した床が鮮やかな模様を浮かび上がらせていた。

礼拝をするためだろう。置かれていたベンチは白い石でできていて、それもステンドグラスに染められている。室内の要所要所には観葉植物のようなものが置かれ、無機質な中にも自然の温かみが感じられた。

「レニ様、入りましょう」

「うん」

サミューちゃんに促され、中央の通路を進んでいく。

進んだ先には祭壇があって、たぶんそこで祈りを捧《ささ》げるのだろう。そこに飾られていたのは——

「まま？」

白い像。私よりも大きな像は、とてもとても美しい顔をしていた。

——そう。母だ。

「こちらは我々が信仰している、女神様のお姿を写したものです」

「みみがとがってる」

「女神様は現在のエルフの方々と近いお姿をされています。それは、女神様が最初におつくりになったのがエルフの方々と言われているからです」

男性の言葉に、ほぉと頷く。

母は女神様のようにきれいだと思っていたが、本当に女神様がそういう姿なのかもしれない。今の母は人間になっているので耳が丸いが、エルフの女王をしていたときはこの像のように耳が尖《とが》っていたのだろう。

「エルフの方々は女神様のお姿とそして力を受け継いでいらっしゃいます。我々人間とは違い、魔力が強く寿命が長いのがその証拠と考えています。そのようなエルフの方々を我々は敬愛しております」

「それは迷惑な話ですね」

うっとりと告げる男性の話をサミューちゃんがばっさりと切り捨てる。

きっと、サミューちゃんだけでなく、エルフからしても人間に信仰されるのは、とくに気持ちがいいものではないのだろう。

信仰するもの自身に「迷惑だ」と言われたら、ショックを受けてもおかしくない。が、男性は「わかっています」と頷いた。

「我々のような者の思いが尊いエルフの方々にとって必要ないということはわかっています。こうしてお話しできている今など、まるで夢のようです」

そう言った男性は頰《ほお》を紅潮させてサミューちゃんを見つめている。

本当にうれしそうだ。そして、それを見返したサミューちゃんの目は冷めに冷めている。……うん。

「そんなことより、今、こどもが行方不明になる事件が頻発しているのを知っていますか？」

サミューちゃんの核心をつく言葉。この村では噂は立っていないはずだけど……。

「ええ。村の外ではそのようなことがあることは知っております。とても悲しいことです。幸いにもこの村では被害が出ていません。これも女神様のご加護のおかげかもしれませんね」

男性はそう言うと、祈りを捧げるように手を組んで目を閉じた。

私とサミューちゃんはその姿を見て――

『このひと、じけんのことしってる』

『はい。噂が立っていないだけで、事件のこと自体は知っているようですね』

『あやしいよね』

『……はい』

【精神感応《テレパシー》】でこっそりとサミューちゃんと会話をする。

男性の話を信じるならば、この村には関係のないことで、ここではなにも起こっていない。そういうことなのだろう。だが――

『ここ、かくしべやがある』

『隠し部屋ですか?』

『うん』

【精神感応《テレパシー》】で会話をしつつ、サミューちゃんに私の右手を見せる。

そこには――

『あたらしいアイテムですか?』

『あやしいものがあると、ひかる』

私の右手首にはめた銀色の腕輪。その中心にある金色の魔石がぽわっと光っていた。

これは【探索の腕輪】。隠し部屋や隠しアイテムなどがあると、ゲーム画面に表示が出てわかるようになっていた。

【察知の鈴】をキャリエスちゃんに渡したので、新しいアクセサリーを装備したのだ。

「はんのうあり」

ばっちり。

ここにはなにかがある。

「この教会の部屋はここだけですか？　他に続きの間などは？」

「小さな村の教会ですので、あるのはこの礼拝堂だけなのです」

「……そうですか」

男性は穏やかに笑って、そう答えた。

邪気は感じられないし、まさか嘘《うそ》をついているようにも見えない。

けれど――

『うそだね』

『そうですね』

最強四歳児の私の前では、その嘘はばっちりお見通しである。

私のアイテムが、男性の嘘を見抜いているのだ！

「ところで、今日はこれからどうされる予定ですか？」

「この教会が目的だったので、このあとの予定はありません」

「そうだったのですか！　それは本当に来てくださり僥倖でした。もし、宿泊先など決まっていないようでしたら、ぜひ、この村にお泊まりになってください。村の者に頼みましょう！」

男性がサミューちゃんを見て、目を輝かせる。

どうやら、この村に泊まってほしいようだ。

『レニ様、どうしましょうか。このまま男を倒し、隠し部屋を探してもいいのですが……』

『うん。でもせっかくだから』

『……そうですね。まだこの男はなにかを仕掛けてきそうです』

サミューちゃんと頷きあう。

こちらから仕掛けてもいいが、あちらからなにかをしてくるのであれば、それがなにかを見極めてからでもいい。

そんなわけで。

「司祭様」

「では、よろしくお願いします」

男性はある家族に私とサミューちゃんの世話を頼んだらしい。初めて出会った村人は硬い顔をして、男性のことを「司祭様」と呼んだ。

男性——司祭は、村の人に私たちのことを頼むと、穏やかに笑った。

司祭から紹介されたのは、ある一軒の普通の民家に住む家族だった。

突然の訪問になってしまって、申し訳ない。

それなのに、家族は嫌な顔をせず——というか、そういう問題ではなく、ただただ表情が硬い。

緊張がこちらにも伝わってくる。

家に案内され、食事を勧められ、席に着いたのだが……。

『レニ様。ここで出される食事には手をつけないようにおねがいします』

『どく、はいってる？』

『そうですね……。毒とは限りませんが、なにか混入されていてもおかしくありません』

民家の一室のダイニング。大きなテーブルには六つのイスがあったので、うちの二席に座り、私とサミューちゃんは【精神感応《テレパシー》】で会話をしていた。

明らかに怪しいんだよね……。

隣同士に座った私とサミューちゃん。そして、目の前に座った壮年の男性。そこに壮年の女性が食事を持ってきた。この二人は夫婦らしい。

六つイスがあるが、住んでいるのはこの夫妻だけなのかな。もう夕食の時間だけど、家の中にほかの気配はない。

「ど、どうぞ」

「か、簡単なもので申し訳ありませんが……」

夫妻がそれぞれの言葉で私たちに食事を勧めてくれた。

男性の顔は青く、女性の手はカタカタと震えている。

……うーん。

サミューちゃんは食べるな、と言った。私も食べないほうがいいとは思う。

でも——

「しちゅー、ありがとう」

ほかほかと湯気を上げる、とってもおいしそうなホワイトシチュー。

これって、私たちに出すためじゃなく、夫妻で食べるために作っていたのではないだろうか。

そして、そこに急遽《きゅうきょ》、司祭からの連絡が入り、私たちに提供されたんだと思う。時間的にも新しく作るのは無理だっただろうし。

「おいしそう」

そう言って、スプーンを手に取る。

すると、慌てた声が頭に響いてきて——

『レ、レニ様っ!?』

『たべてみようとおもう』

『しかし、これは明らかに……っ』

『うん。でも、そういうためにつくったわけじゃないはず』

この食事はおいしく食べるために作られたもの。私たちが来たせいでその役目を果たせなくなったのだろう。

そう考えると、おいしく食べたいなぁと思って……。

『れに、つよいから。すぐに、くすりのめば、だいじょうぶ』

『……レニ様。……わかりました。けれど、お願いです。異常を感じたら、すぐにアイテムを使ってください』

『うん』

サミューちゃんは心配そうに眉を寄せて……。

けれど、私を止めずに頷いてくれた。

「いただきます」

猫の手では持ちにくいけど、慎重にスプーンを握る。シチューをすくえば、スプーンからこぼれたスープがとろりと器に落ちていった。中に入っているのはじゃがいもかな？　それをパクッと口に含んで――

「とってもおいしい！」

熱すぎずちょうどいい温度。ほくほくのじゃがいもがスープに包まれて、ゆっくりと喉を通っていく。

ふんわりとした乳の香りと、塩気、ほのかな甘みもとってもおいしい！

左の猫の手を頬に添える。おいしくてふふっと笑うと、突然、右手に持っていたスプーンを引き抜かれて――

「ダメッ……っ!!　食べてはダメよ……っ!!」

私を止めたのは、シチューを持ってきてくれた女性だった。

「ごめんなさい、ごめんなさいっ……私はなんてことを……っ!!」

「っ……。……すまない……とにかく水を……」

「ごめんなさい、本当にごめんなさい」

女性は私からスプーンを奪うと、片手で顔を覆い、その場に崩れ落ちる。

すると、私たちの前に座っていた男性が立ち上がり、女性の元に駆け寄った。男性は私やサミューちゃんには目を合わせず、水を勧めた。

それでも、女性は謝罪をやめなくて……。

「このシチューにはなにが入っているのですか？」

サミューちゃんが私からシチューを遠ざけ、立ち上がって夫妻の元へと歩く。

夫妻は一瞬ひるんだが、女性がゆっくりと呟《つぶや》いた。

「眠り薬よ……。司祭に渡されたの……」

「体に害を及ぼすような毒ではないのですね？」

「俺たちはそう聞いている。……二人を眠らせる。それだけでいいと言われたんだ」

どうやら、シチューに入っていたのは眠り薬だったようだ。

それを聞いたサミューちゃんは夫妻から離れると、私へと向き直った。

「レニ様、大丈夫ですか？　体調は？」

「だいじょうぶ」

きっと一口ぐらいなら問題ない薬効だったのだろう。

というわけで。

「れに、たべる」

サミューちゃんが向こうへ押しやったシチューを手元に戻し、サミューちゃんのスプーンをつかむ。私のスプーンは取られてしまったしね。

「レ、レニ様っ!?」

サミューちゃんの焦った声が聞こえたが、気にしないようにし、一気に食べていく。アツアツだと大変だっただろうが、やけどするような温度ではなかったので、はぐはぐと口に入れていった。

もちろんとってもおいしい。

本当はゆっくりと味わいたいが、時間をかけると、眠り薬が体に回ってよくないだろう。

急いで皿を空にしたのだが、すると、頭がぼんやりとしてきて――

「あ、いてむ……ぼっくす……」

……ね、眠い。思ったより眠い……。

これは二徹したあと、見たことがあって内容は知っているムービーやモーションをスキップできずに五分ぐらい見たときの感覚に似ている。注意力が薄れ脳が勝手にシャットダウンしていく感じ……。

なんとか呟いた言葉に応じて、目の前にアイテムがずらっと表示される。まずい、あんまり認識ができない……。でも、たぶん、これ……。

「けって……い……」

ズシッと胸に重み。そうこの重み……。大丈夫。これ。

油断すると閉じそうになる目。というか、たぶんもう閉じている。

なので、最後の気力を振り絞って、猫の爪で胸の重みの先端のところをぶすっと刺した。そして、そのまま手を引き、眠る体に任せて、重みを傾ければ――

――バシャーッ!!

「……つめたい」

冷たい。

「レニ様ぁ……っ」

「大丈夫かい!?」

「その水はどこから!?　テーブルのをこぼしたのか!?」

「いいから、なにか拭くものよ！」

「そ、そうだな!?」

びしょ濡《ぬ》れの私。そして、心配しすぎて涙目になるサミューちゃん。あと、嘆きを忘れて、水浸しになった私と床を拭くための布を取りに走る夫妻。

……うん。

「かいふくやく、すごい」

眠気がなくなった！

【回復薬（神）】を父にぶっかけ続けていたが、たしかにこれは効く。飲んだほうが効果はありそうだが、こうして経皮的なものでも効くことが自分の身をもって実証できた。

ゲームで言うと、状態異常が一瞬で治った感じだろう。

でも、あれだね。やっぱり液体を頭からかけると冷たい。

これまでたくさんぶっかけてきたが、ようやく父の気持ちを知った。やはり回復薬は飲むものであって、かけるものではない。

そうして、一人で納得しているうちに、夫妻が拭くものを持ってきてくれる。

サミューちゃんが涙目で、びしょ濡れの私を拭いてくれ、身なりを整えてくれた。

その間に夫妻も落ち着いてようで、私たちに頭を下げた。

「本当にすまなかった」

「本当にごめんなさい」

「うん」

「……それなのに、シチューを食べてくれてありがとう」

「うん。おいしかったから」

そう答えると、女性はぎゅっと眉を顰《ひそ》めた。

「自分たちの行いを反省するのであれば、どうしてこうなったか話してくれますか」

「……わかった」

「そうね……」

サミューちゃんの言葉に夫妻が揃《そろ》って頷く。

そして、ゆっくりと話を始めた。

「この村は……あの教団に支配されているのよ」

「支配？」

「そのままの意味だ。俺たちに自由はない。あいつらに命令をされたらやるしかない」

夫妻は暗い顔だ。

六人用のテーブル。そこにある六つのイス。……なのに、住んでいるのは夫妻だけ。

その答えは――

「私たちは、こどもを人質に取られているの」

――いるべきはずのこどもがいない。

「毎朝、教会にお祈りに行くときにだけ、会えるの……。だから、あそこにいるのは間違いない。けれど、どうしようもなくて」

「村人全員で戦おうとは思わなかったのですか？」

「あの教会は表向きは司祭が一人いるだけだ。だが、ある日、屈強な男たちが十数人やってきた。逆らった家もあったが……」

「逆らった家のこどもは、もうお祈りの時間にも会えなくなった。……もう、ここにはいないかもしれないわ……」

「この村はもうダメだ」

「あの教会が手に入れたかったのは、エルフのあなただと思うわ。早く逃げて。こんな村からは……」

「裏口がある。……案内する」

夫婦はそう言うと、二人で頷きあった。

どうやら、私とサミューちゃんを逃がしてくれるらしい。

でも――

「こまらない？」

私とサミューちゃんを逃がす。それは、二人が教会に逆らうということ。

「こども、きょうかいにいるんだよね？」

私の言葉に夫妻はぐっと息を呑《の》んだ。

「いいの……。いいえ、よくはない。けれど、あなたたちを騙《だま》すようなことをした自分が許せないの……」

「……すまない。どうか、俺たちの気が変わらないうちに……」

「……私がまた最低な人間にならないうちに、逃げてちょうだい」

夫妻はそう言うと、目を伏せた。

……こどもが人質に取られていて。それなのに、私たちを逃がそうと決意するのには、どれだけ葛藤があっただろう。

私とサミューちゃんは気づいていた。きっと最初からうまくいく計画じゃない。

けれど、眠り薬を入れたシチューを食べようとした私をそのままにしていたほうが、夫妻にとってはよかったはずだ。

「ありがとう。おしえてくれて」

けれど、私が一口食べたあと、すぐに止めてくれた。

そして今も、私たちを逃がす決断をしてくれた。

「たすける」

最強四歳児なので！

「れににおまかせあれ！」

――教会を潰して、こどもたちを助けましょう！

教会を潰《つぶ》すために私がしたこと。

それは――

「たぬきねいり」

そう。眠ったふり。

これで、教会の隠し部屋まで運んでもらおうという算段だ。

これなら、夫妻はちゃんと眠り薬を盛る任務を達成できたように見えるし、あちらも油断するはず。

というわけで。

「レニ様、なにかありましたら、すぐに戦闘開始してください」

「うん。さみゅーちゃんもやだったら、すぐにいってね」

「はい！」

私とサミューちゃんはそう確認しあうと、ダイニングテーブルに突っ伏した。

テーブルの上の空っぽの皿を見れば、教団の人も騙《だま》されるだろう。

夫妻は私とサミューちゃんが寝たふりをしたのを確認すると、玄関から外へと出ていった。ほどなくして、ドタドタと足音が聞こえる。そっと薄目を開けてみれば、そこにはスラニタ金融にいたような男たちがいた。

ええ……。教会はすごくきれいで、神聖な感じだったのに、この人たちが教団の人？　普通にゴロツキにしか見えない。

この人たちに逆らうのは、一般人であればつらいだろう。

「お、うまくやったじゃねぇか」

「は、はい……あ、眠っているだけなので、丁寧にお願いします」

「わかってるよ。俺たちだって司祭から言われてる」

夫妻の話を、男たちは鼻で笑う。

そして、私とサミューちゃんをそれぞれ別の男が肩に担ぐと、家を出た。

向かうのは教会。肩に担がれているので、前は見えないが風景でわかる。

教会に着いたようなので薄目で【探索の腕輪】を確認すると、金色の魔石がぽわっと光っていた。

やはりここに隠し部屋があり、そこにこどもたちがいるのだろう。

「よし、開けろ」

「おう」

男たちは祭壇まで進むと立ち止まった。

薄目のまま確認すると、一人の男が懐から赤い水晶を取り出した。

「あ」

「あ、なんだ起きたのか？」

思わず声を上げてしまう。

すると、私を担いだ男は、私の顔が見えるようにぐいっと体を正面に持ってきた。

いけないいけないけない。寝たふりをしなきゃ。

「……ぐぅ」

「いや、寝てるか」

体から力を抜いて、こてりと首を傾ける。

そんな私を見て、男は寝ていると判断したらしい。もう一度、肩に担ぎなおした。

さすが最強四歳児の私。寝たふりもうまい。

「どうした？」

「起きたと思ったが、気のせいだったみてぇだ」

「気にしすぎだ。こども一人が起きても問題ない。俺たちで運べるだろ」

「そりゃそうか」

男たちが話ながら、祭壇の裏手に回る。

司祭に案内されたときにはここまで見れていなかったが、どうやら祭壇の裏には魔法道具があったようだ。

そう。これはスラニタの街の街長《ちょうちょう》、シュルテムの家にあった。隠し扉と地下室。そして、それを壊すための仕掛け。あれとまったく同じものだ。

なので、あの赤い水晶を見て、思わず声を上げてしまったわけだが、うまく誤魔化せたのでよかった。

「おい、離れてろ」

「おう」

男の一人が声をかけ、祭壇の裏の窪《くぼ》みに赤い水晶をはめる。するとゴトゴトと音がした。

男たちが不自然に離れた床の一角。そこがゆっくりと動いているようだ。

そして――

『さみゅーちゃん、いりぐち』

『はい、ここが隠し部屋に通じていたようですね』

【精神感応《テレパシー》】でサミューちゃんとやりとり。たぶん、サミューちゃんも寝たふりをしながら、周りを窺《うかが》っているのだろう。

「よし、じゃあ行くぞ。エルフは司祭のところ。こどもは牢屋《ろうや》だ」

「ほかと一緒でいいのか？　獣人は力が強いだろう？」

「獣人といっても、まだチビだ。なんにもできないだろ」

「そうだな」

どうやら私とサミューちゃんは別々の場所へ運ばれるらしい。

『レニ様、分かれてしまうようです。どうしましょうか、ここでもう戦いますか？』

『さみゅーちゃん、ひとりでもだいじょうぶだよね？』

『はい、それは問題ないと思います。負ける気はしません』

『じゃあ、このまま。さみゅーちゃんはしさいのことをおねがい』

『わかりました』

隠し部屋の入り口もわかったし、このまま全員倒してもいいが、司祭とこども、どちらにも用がある。なので、二手に分かれたらちょうどいいだろう。

私は一人でも大丈夫だし、サミューちゃんも強いしね。

というわけで、そのまま運ばれていく。

祭壇の裏、床が開いた場所は地下へと続く階段が姿を現していた。地下へと下り、石の壁の廊下を進む。サミューちゃんを担いだ男は廊下の途中にあった扉を開けて、入っていった。たぶん、その先に司祭がいるのだろう。

さらに男たちがその先の扉を開け、部屋へと入る。扉の隙間《すきま》から中が見えたが、たくさんの男がいた。ここは男たちの待機場所みたいな感じなのかな。

最後まで廊下に残ったのは私を担いだ男。着いたのは廊下の突き当たりの扉で、閂《かんぬき》がかかり、大きな南京錠《なんきんじょう》がついている。扉の横には、見張りの男がイスに座っていた。

「開けてくれ」

「おう。新しいこどもか？」

「ああ、こいつはすぐに売る予定だ」

「へぇ。まあ獣人のこどもなんて珍しいし、高く売れそうだしな」

「ああ。司祭は獣人には用はないらしい」

そんな会話をしながら、見張りの男が南京錠を開け、閂を外す。

扉が開き、私を担いだ男が部屋の中へと入った。

そこには——

「面倒なことはしてないだろうな？」

——こどもたちだ。

「一、二、三……八。よし全員いるな」

男はこども一人一人を指差しながら確認している。一番大きい子が小学校の高学年ぐらいで、小さい子は私よりも年齢が低そうだ。

こどもたちは怯《おび》えるように、ぎゅっと身を寄せあって、部屋の隅に集まっていた。

「お前らの仲間だぞ」

そう言うと、私はごろりと床に転がされた。

「え……どうして、またこどもが……？」

私を見て、一番大きい子が、恐る恐る声を上げる。

すると、男は楽しそうにクックッと笑った。

「お前らの親がな、こいつに薬を盛ったんだ」

「パパとママが……」

「お前らを守るために、この獣人のこどもは騙されて、ここに連れてこられた。お前らはここで親に会えるが、こいつはもう二度と会えないだろうな。明日には売られていくんだ。かわいそうになぁ。お前らのせいだよなぁ」

男の声はねっとりとしていて――

「たった一日だけの仲間だけど、仲良くしてやれよ。なんていってもお前らのために売られるんだからなぁ。かわいそうになぁ」

その言葉に、こどもたちが顔を伏せるのがわかった。

こうやって、罪に加担してしまったと感じさせることで、マインドコントロールのようなことをしているようだ。

地下室に閉じ込められ、親にはすこししか会えず。こんな風に言われ続ける。こどもたちは反抗する心も折られているだろう。

……胸がむかむかする。

「わたしがここにきたのは、わたしがきめたから」

転がされた床からむくりと起き上がる。

そして、ぐっと拳を固め、肘を後ろへ引いた。

「あ、お前、起きて――？」

「ずっとおきてる」

驚いたように私を見下ろし、目を丸くする男。

その男の下腹部を目掛けて、拳をまっすぐに突き出した。

「ねこぱんち！」

斜め上に突き出した拳が、男の下腹部に当たる。そして――

「かせきになぁれ！」

「ぐわぁっ‼」

――石の壁にめり込む男。

「よし」

まずは一人。

埋まった男を見て、拳から力を抜く。

すると、わぁっと声が上がった。

「……っすごい！」

「つよい……！」

「どうしてそんなことができるの!?」

「大丈夫？　痛くないっ？」

部屋の隅に固まっていたこどもたちだ。

あっという間に周りを囲まれる。興奮しているような子やこちらを心配している子。さまざまだけど、みんなどこか不安そうなのは一緒だ。

だから【猫の手グローブ】の親指をぐっと立てた。

「たすけにきた」

――両親の元へ帰りましょう！


「あ、なんだ？」

そのとき、扉の向こうで声がした。

たぶん、見張りの男が、不審な気配を察知したのだろう。

このまま部屋に入ってきそうだ。

「みんな、あっちにかたまってて」

「「わかった」」

私の言葉にこどもたちが頷《うなず》く。

こどもたちが壁際へ走っていくのを見ながら、私はぴょんと扉の横まで移動した。そして、蝶《ちょう》番《つがい》のそばへと立つ。この扉は押し戸だったので、ここにいれば扉を開けて入ってきても視界に入らない。

こどもたちと私の移動が終わった瞬間、ガチャとドアノブが回り、扉が開いた。

「は……？　なんだこれ、なにが……」

入ってきた男が言葉をこぼす。

たぶん、壁に埋まっている化石Aを見つけたのだろう。

私の正面に扉があるので、見張りの男の表情はわからない。けれど、ぽかんとしているのだと思う。声には困惑があった。

そのマヌケな声にくすくすと笑いが漏れて――

「くそ！　だれだ!?　笑ったヤツは!!」

――見張りの男の怒声が響く。

どうやら、私の笑い声が聞こえたらしい。

うん。質問をされたので、ちゃんと答えたほうがいいよね。

「れにだよ」

最強四歳児の私です。

「ああ!?　そこか!?」

見張りの男が、私の声の出どころがわかったようで、乱暴に扉を閉めた。

これで、お互いにお互いの表情が見える。

うん。怒ってるね。

「てめぇ、チビ、こら、わかってんだろうな？」

見張りの男がわざとらしく、胸の前で右の拳を握り、左手に打ち付ける。

バチンといやな音。これは脅しだね。

「うっ……ひっ……」

その途端、壁際のこどもたちが怯えたように、肩を震わせるのが見えた。

「それがぱんち？」

はて？　と首を傾《かし》げれば、男のこめかみにビキッと青筋が浮く。

「おまえ、いい加減にしとけよ！　売り物だからって容赦しねぇ！」

「うん。いいよ」

男が私を捕まえようと手を伸ばす。

私はそれをサイドステップで躱《かわ》した。

「おしえてあげる」

そして、ぐっと拳を握る。

「ねこぱんち！」

右手を引いて、足を前後に開いた。

あとはそのまま、体重とともに、男の下腹部に拳を叩《たた》きつける。

「かせきになぁれ！」

「ガァア!?」

私のパンチを受けた男が悲鳴を上げながら、壁にめり込んでいった。

「よし」

これがパンチです。

「すごい！」

「やっぱり強い！」

「かっこいい！」

壁際に避難していたこどもたちが、一人目のときと同じように、私の元へと集まる。

なので、みんなを見上げて、こくんと頷いた。

「まだいる。たおしてくる」

隣の部屋が、男たちの待機場所になっているようだった。

あちらも全員倒してから、脱出したほうが安全だろう。

「そのまま、まっててね」

壁には化石AとBが並んでいる。

部屋にこどもたちを残して、私は廊下へと出た。

「このへや」

ここに来るまで、扉は三つしかなかった。一つはサミューちゃんが連れていかれた司祭の部屋。もう一つは私が連れていかれた牢屋。最後の一つに男たちがずらずらと入っていった。ので、ここにたくさんいるのだろう。

中の様子を探るために、そっと扉に耳をつけてみた。

「もうここもお払い箱らしいぞ」

「まじか、じゃあこれが最後の仕事か」

「どうすっかなー、次。こんなに楽で稼ぎのいい仕事はなかったのにな」

「送られてくるこどもを脅すだけで、いい金になったもんなぁ」

「出ていくなら、この村を襲っていくか？」

「だな。どうせこの村は共犯だろ。脅して財産出させてもいいし、こどもを人質に取ってもいいしな」

「用無しなら、全員やってもいいだろ」

「たしかに」

聞こえてきた会話から、どうやらこの地下室と村の役目が終わったことがわかる。

そして、最後にこの村からすべてを奪い取るつもりのようだ。

脅されて怯えるこどもたち。震えていた親。

眠り薬の入ったシチューはとてもおいしかった。

今、静まり返っている村だけど、ここに日常があったことはわかる。

それを壊したのは――

「きたよ」

扉を開けて入る。

中は二〇畳ぐらいかな？　結構広い。中央付近に大きな机とたくさんのイス。壁際にはベッドが並んでいた。

「ああ？　だれだ？」

中にいた男たちが一斉にこちらを見る。人数は十人ぐらいかな。

こどもたちと一緒に閉じ込めていたはずの私だったから、驚いたのだろう。

「おいおい、運んだヤツと見張りはどうしたんだ」

「逃げられてるじゃねぇか」

「ガキのお守りもできねぇのか、あいつらは」

男たちが顔を見合わせて、やれやれと肩をすくめる。

そして、一番近くにいた男が私に手を伸ばした。

「ほら、お前はこっちに――」

「ねこぱんち！」

――ズシャッ！

「よし」

壁にめり込んだ男を指差し確認する私。

「は？」

「あ？」

「え？」

部屋の中にいた男たちは交互に見ると、すこし経《た》ってから、ようやく現状を理解したらしい。

イスに座っていた男たちが、ガタッと音を鳴らして立ち上がった。

「ガキが！」

「舐《な》めやがって!!」

「くそ！」

「そっちから行け!!」

「待て待て！　獣人は力が強い、今の見たな!?」

殺気立つ男たちはそのまま私の元へ来るかと思ったが、それを一人の男が止める。

「すぐに突っかかるな！」

そして、私を見ながら、そっと周りの仲間に耳打ちをした。

「……こちらにおびき寄せろ。力が強くても、まだこどもだ」

「そうだな……」

「良心に付け込め」

――全部聞こえているけどね。

「俺たちを倒しに来たのか？」

「違うんだ。俺たちは無理やりに」

「こいつは足を痛めてるんだ」

男たちの悲痛な声。

そして、一人の男がこっちだ、と手招きをした。

中央のテーブル。イスに座って、苦しそうに右足を触っている。

「この足のせいで、まともな職業にはつけない。仕方ないんだ。わかってくれるだろう？」

その手招きに従って、とことこと近づく。

男たちが私との距離を測っていることはわかったが、気にせずまっすぐに歩いた。

「そうだ、な？　こっちに――っ!!」

「じゃんぷ」

足を痛めたと言っていた男が私を捕まえようと、前屈《まえかが》みになる。

私はそれを避けるように、すばやく跳び上がった。

「ちゃくち、よし」

そして、着地したのは中央の大きなテーブルの上。

部屋のちょうど中心だ。

「ハハッ！　自分から捕まえやすくなるなんてな！」

「お前はチビだから、台に載ったほうが捕まえやすいんだよ！」

背が高い大人が、背が低い私を捕まえようとすると屈まなくてはならない。

そうすると、体勢が崩れるし、足元を動かれると捕まえにくいのだろう。

テーブルの上に載った私を見て、男たちは一斉に笑った。

ちょうど、立ったまま手を伸ばすだけで私が捕まえられるから。

「バカが!!」

「よし、捕まえろ!!」

「押さえ込め!!」

私を捕まえようと四方から伸びてくる手。

その手に捕まる前に、私はテーブルの上でぐるんと一回転した。

「ねこのしっぽ、せんぷう！」

しっぽは私と一緒に回転し、私に手を伸ばすために体をテーブルへと傾けていた男たちの顔に当たる。

——バシバシバシッ!!

一回転で、五人に当たった。そして、しっぽで弾《はじ》いた男たちが壁に向かって跳んでいく。

さらに、回転で加わった風がそのまま他の男たちを吹き飛ばし――

「ぐわぁ！」

「あがっ!?」

「ヒギィっ!?」

全員まとめて！

「かせきになぁれ！」

――グシャァア!!

「よし」

男たちは四方の壁にしっかりと埋まっている。

それを確認すると私はその部屋を出た。

そして、こどもたちが待つ部屋へと行き、みんなに家へ帰るように言う。

「ここまっすぐ。かいだんわかる？」

「うん！　朝にいつも使ってるから」

毎朝のお祈りのときに親に会っていたと言っていたから、こどもたちは地下室から教会へと行く道と仕掛けはわかるようだ。

こどもたちは八人。全員が階段をのぼるのを廊下から確認する。

すると、突然、ガタンっと建物全体が揺れた。

「じしん？」

そして、さらにガタガタとなにかが壊れていく音。そして、揺れが大きくなっていく。

すると、こどもたちが上がった階段が壊れた。

「あっ!!」

「だいじょうぶ？」

「こっちは大丈夫！　でも早く来ないと君が……！」

一番大きな子が、ほかのこどもを庇《かば》いながら、階下にいる私に声をかける。

私は階段が落ちた場所まで行き、頭上を見上げた。

教会の床も閉まっていっているようだけど、まだ隙間はある。【飛翔《ジャンプ》】すれば抜けられそうだけど……。

『レニ様っ！　申し訳ありません、人間の男が仕掛けを作動させせましたっ』

『しかけ？』

『はい、あの街長が使っていたものと同じ、地下の構造物を壊すものです』

『わかった』

『すぐに救助に参ります！』

『ううん。こっちはだいじょうぶ。さみゅーちゃんは？』

『こちらは大丈夫です。どうやらこの部屋は破壊されないようで』

『じゃあそのままいて。れに、すぐにいく』

サミューちゃんからの【精神感応《テレパシー》】。

おかげで状況がわかった。

スラニタの街の長、シュルテム。その屋敷の地下室にも仕掛けがあった。あの赤い水晶。どうやら、地下室自体も壊せるようになっていたようだ。

一人でなるほど、と呟《つぶや》く。

すると、頭上から焦った声が聞こえて――

「あぶないよ!!」

「はやく!!」

それは助けたこどもたち。床の隙間から必死に手を伸ばしてくれていた。

でも、私はそれに首を振る。

「だいじょうぶ。あぶないから、て、もどして」

挟まれたら大変だしね。

私にはまだ、やることが残っている。

「みんな、いえにかえってね」

閉じていく床と落ちる階段、そして、崩壊していく廊下。

私はその中で、笑顔で手を振った。

こどもたちと私の間にある教会の床が完全に閉まる。

さっきまでは廊下に明かりがあったが、今は真っ暗だ。

この暗闇は猫の目が役に立つ！

そうして、周囲を見渡せば、ゴゴゴゴゴッという音とともに、壁が私に向かって倒れていることがわかった。

うん。このままだと、私が化石になるね。

「レニ様っ!!」

そのとき、一条の光がまっすぐに飛んできて、天井へと刺さった。矢の飛んできたほうから聞こえたのは、サミューちゃんの声。

たぶん、サミューちゃんが司祭の部屋のドアを弓矢で壊してくれたようだ。

崩壊していく道は前後左右がわかりづらく、目的地が曖昧になっていたが、サミューちゃんのおかげで、行く先がしっかりと見えた。

「こちらです!!」

二〇m先ぐらいかな？　サミューちゃんが私に向かって叫ぶ。

けれど、その声と同時に廊下の壁が一気に崩れ落ちた。

これは絶体絶命の化石ピンチ。

でも、大丈夫。最強四歳児の私ならね。

「しょうがいぶつはふきとばす」

ジャキッと出した爪を下から上へと振り上げる。

「ねこのつめ！」

現れた斬撃が崩れた廊下の壁を吹き飛ばした。

「みちがみえたら、つきすすむ」

すぐにまた塞《ふさ》がりそうになる道。

私はグッと足に力を入れ、隙間を縫うように跳んだ。

「じゃんぷ！」

サミューちゃんに向かってまっすぐに。

無理やり私にこじ開けられた道は、私が通り抜けた瞬間に、ゴォンッ！　と大きな音がして、完全に閉ざされた。

「ちゃくち、よし」

跳びすぎることもなく、しっかりと目標地点に到達できた。

ふふっと笑う。

すると、サミューちゃんがすかさず私の隣へとやってきて、片膝をついた。

「レニ様、申し訳ありません。このようなことになってしまい……」

「ううん、だいじょうぶ。こどもたち、かえった」

……と思う。最後までは見届けていないけど、地上には出られたし、ごろつきは全員倒したしね。

「それより、さみゅーちゃんはだいじょうぶ？」

「はい。この部屋に到着して、すぐに司祭は捕縛しました。しかし、私を見て気持ち悪く笑ったと思うと、あの魔物が出現したのです」

「まもの？」

サミューちゃんの言葉を受け、顔を上げる。

すると、正面にいたのは司祭と――

「……りびんぐめいる」

キャリエスちゃんとのお茶会にもやってきた中身のない全身鎧《よろい》。【蠢く鎧《リビングメイル》】。それが司祭を守るように立っていた。

「リビングメイルは私に斬りつけたあと、すぐに司祭の縄を解きました。即座に距離を取り、リビングメイルに攻撃を仕掛けたのですが、私の矢だけでは、動きを止めることはできず……。すると、司祭が突然、赤い水晶を仕掛けにはめ、地下室を破壊、封鎖するように動きました」

サミューちゃんの話を聞きながら、司祭とリビングメイルを観察する。

リビングメイルには矢が刺さっていたり、穴が開いていたりしている。

キャリエスちゃんとのお茶会でやったように、魔力を込めた矢でリビングメイルを射《う》ったのだろう。しかし、あの時と違って騎士であるピオちゃんがいないので、物理的に動きを止めることもできず、司祭に仕掛けを使われてしまった。

「あの魔物は司祭に操られているようです……」

「まもの、にんげんのみかたになる?」

「通常は不可能です。魔物は理知的な活動ができるものではありません。それぞれの出没する地域は決まっていますし、生物を見れば襲ってくるのが普通です。ああやって人間を守るように動くことは考えられません」

サミューちゃんの話に、なるほどと頷く。

通常、魔物を使役することはできないようだ。

けれど、実際に目の前の司祭はリビングメイルを従えていて――

「これが、神の力です」

私たちの困惑を前に、司祭は恍惚《こうこつ》とした表情で語った。

「我々は神の力を得ているのです。この鎧は、司教様からお借りしたもの。司教様の信頼が篤《あつ》いからこそ、託された力なのです」

「しきょうさまって?」

「我々のように教会で信者に教えを説くものが司祭。そしてそれらをまとめているのが司教様です。

司教様は神の力を得ていて、我々に下賜してくださる」

司祭の話を聞き、サミューちゃんと視線を交わしあう。

ここは新興教団の地方の教会。目の前の司祭がトップだ。そして、その上には司祭を束ねる司教がいる。そして、司祭の話が確かならば、魔物の力を使えるのは司教ということだ。

「あなたは司教を尊敬しているようですが、それならばなぜこうして地下室を壊すようなことをしたのですか」

サミューちゃんの言葉に、これまでうっとりとしていた司祭が急に表情をなくす。

そして、ぼそりと呟いた。

「もう、ここはいらないからです」

「いらない？」

「ええ。もう司教様は目的のものを手に入れた、と。この教会は司教様が目的のものを手に入れるために作られました。地上には教会を。地下には施設を。そして、地下施設のほうは無用である、と」

「目的のものとは？」

司祭はニヤッと口端を上げる。

「――こどもです」

仄暗《ほのぐら》い目が三日月の形に歪《ゆが》んだ。

「神の力を宿したこども。それが我々の目的です」

「……もう、教団は神の力を手にしているのではないのですか？」

「いいえ。我々の力はまだ完璧ではない。しかし、予言されたこどもが手に入れば、我々は完全なる神の力を手に入れられるのです。そのために、ずっと動いていた」

「各地でこどもが売られたり、行方不明になっていたのは教団の仕業だったのですね」

「そうです。そして、ここがこどもを集める中心の拠点として機能していました。ここは田舎の村ですが、ここに集まったこどもをしばらく滞在させます。そして、足がつかないよう、慎重に本部へ運んでいました。ここが本部とのやりとりをする場所だったのです。そこを任されていることは大変な誉れであり、ここでの功績により、本部へと異動できる。そこで、司教様をお助けする、選ばれし司祭になるはずだった」

司祭の仄暗い目がより闇に染まる。

「けれど、目的のものはここととは違うルートで手に入ったようです。そして、もう、こどもを集める必要はない、と」

「神の力を持ったこどもが手に入った、ということですか？」

「ええ、そういうことでしょう。そして、私はこのまま、この田舎の村で司祭を続けることになりました。……ありえない。おかしい……。司教様のためにこんなに働いた私が、こんな田舎の村で一生を終えるなんて間違っている」

司祭はそう言いながら、がりがりと自分の頭を掻《か》いた。

「私がどれだけの根回しをして、こどもを集めたか……！　それが公に出ないようにこの村のこどもたちも閉じ込めました。すべては司教様のためだったのに……!!」

興奮した司祭の息が荒くなる。

「でも、やはり女神様は私を見捨てたわけではありませんでしたっ!!」

荒い息のまま、うっとりとサミューちゃんを見つめた。

「あなたです。エルフである、あなたがこの村へとやってきた……っ！　私はこのままここで朽ち果てていく身。ですので、最期は女神様に一番近い存在である、あなたと過ごしたい」

紅潮した頬《ほお》と反対に、仄暗い目。

うん。なるほど。わかった。

「じぶんかって」

自分の出世のためにたくさんのこどもたちを犠牲にし、出世ができないとわかると、すべてを壊し、目の前に現れたサミューちゃんを手に入れようとする。

こうして、ぺらぺらと情報を話すのも、自分もサミューちゃんも死ぬと思っているからだろう。隠す必要がないのだ。

「うるさい！　獣人風情が!!　まずはお前からだ!!」

司祭が私を指差す。

すると、ギギッと音を立てながら、リビングメイルが動き出した。

でも――

「りびんぐめいる、いやがってる」

――声が聞こえる。

『カエリタイ』って聞こえてくる。

「……むねのあついの、あつめて」

ムカムカする胸の奥。

あふれてくる熱いものを一つに練っていく。

そして――

「ひかりになぁれ！」

――胸の熱さをそのまま、リビングメイルへ！

私から放たれた光がリビングメイルへと当たり、そのまま包み込む。

そして、リビングメイルはがしゃんっと音を立てて、地面へと崩れ落ちた。

「な……なんだこれは……。どうなってるんだ……っ！　なぜだ……!?　獣人のこどもがなぜそのようなことができる!!　獣人は女神から最も遠い存在!!　そもそも、エルフのこの方と一緒にいることも許せなかった!!　恥を知れ!!」

焦りからか、激昂《げっこう》する司祭。

それを見ていたサミューちゃんが冷たく言い放った。

「恥を知るのは、あなたです」

そして、グイッと弓を引く。

「レニ様の輝きがわからないのですか？」

そのまま放たれた矢は右肩のあたりに向かい、司祭の白い服だけを破った。

サミューちゃんならば、当てることができたはずだが、あえて外したのだろう。

「獣人だから、エルフだからと、先ほどから愚かな。女神に一番近いのはエルフであり、一番遠いのは獣人というのは人間が勝手に作った幻想にすぎない。果たして本当にいるかもわからない女神がなんだというのか」

サミューちゃんが冷えた目で司祭を見つめる。

「──レニ様が目の前にいるというのに」

司祭は初めて私の存在に気づいたかのように、目を丸くした。

「……まさか、そうだ……。いや、しかし……。でも、そうとしか……。そう、たしかに……」

ぶつぶつと呟く。

そして、身震いして叫んだ。

「そうか、お前か……！　年齢もその力も……!!　その力は間違いなく……神の……!!」

私を見る目にさっきまでの嘲《あざけ》りはない。

まぁ、なんでもいいんだけどね。やることは一つなので！

「ねこぱんち！」

一気に飛んで、司祭の懐へと入る。

ぐっと握った拳をそのまま、下腹部へ！　射出角度は斜め四五度！

「お星さまになあれ!!」

「うわぁあああ!!」

——キラン。

「よし」

地下室の天井に司祭の体の穴。

うん。きれいな流れ星が見えた。

「さみゅーちゃん、ここからでよう」

「はい！」

開けた穴から、地上へと跳び出る。

射出角度はばっちりだったようで、穴の開いた位置に建物はなく、だれにも迷惑をかけていない。

そして、こどもたちは無事、家に帰れたようで、教会の周りには村の大人たちが集まっていた。

どうやら、穴から出てきた私とサミューちゃんに気づいたようで、歓声が上がる。

心配してくれていたようだ。

向こうから、こどもたちが走ってくるのがわかる。私はそれに大丈夫だよ、と手を振って――

「さみゅーちゃん、ほんぶにいきたい」

「はい、そうですね。こどもを集めることは終えたようですが、売られたこどもたちはまだ帰ってきていません。目的のこどもを捕まえたというのも気になります」

「そうだよね」

「すこし部屋を調べてきます」

「うん。おねがい」

サミューちゃんが、穴から地下室へと戻る。

サミューちゃんなら、教団の本部に繋《つな》がるものを見つけてくれるだろう。

そうしていると、村の人が私を囲み、次々にお礼を言われた。

泣いている人もいっぱいいて、みんな家族と一緒になれて、よかったよかった。

そう思っていると、【精神感応《テレパシー》】が聞こえてきて――

『レニ様っ！　急ぎ伝えたいことが！』

『なに？』

いつものサミューちゃんより焦った声。

どうしたんだろう？　と【精神感応《テレパシー》】に集中すると、もたらされたのは――

『司教の名は、ガリム・ガイラル。――ここの領主です』

——良くない知らせ。

ガイラル伯爵は、キャリエスちゃんを王都から連れ出し、領都へと迎え入れてくれた人物。

灰色の髪をオールバックにしていて、物腰は柔らかく、穏やかに笑う人だった。

それが……司教？

だとすれば、今、一番、危ないのは——

「きゃりえすちゃん」

内幕　レニは天才　二

レニと別れ、レオリガ市を発《た》ったキャリエスは馬車の中にいた。

乗り合っているのは三人の侍女。常に行動をともにしている者たちだ。

「キャリエス様、こちらできあがりました！」

馬車に乗って、落ち着いたころ。

侍女がそう言って、キャリエスの前に宝石箱を出した。

キャリエスはそれを受け取ると、そっと蓋《ふた》を開ける。

そして、入っていたものを身につけて——

「ど、どうかしら？」

「とってもお似合いです！」

「素敵です、殿下！」

「これが殿下とレニ様の友情の証《あかし》ですね……！」

——宝石箱の中身はブレスレットに加工された【察知の鈴】。

キャリエスが危険だから、とレニが渡したものだ。

レニは腰元にストラップでつけていたが、キャリエスは王女なので同じようにすることは難しい。

そこで、常に身につけられるように加工をすることにしたのだ。

レオリガ市の長であるトーマスに貴金属の店を紹介してもらい、そこで急いで作った。

キャリエスは王女なので、本来はもっと高価なものを扱う店と付き合っている。

が、キャリエスには、このブレスレットが最も素敵なアクセサリーに思えた。

思わず、笑みがこぼれてしまう。

「ああ……殿下がこんなにも幸せそう……」

「よかった、よかったです……っ」

「必ず、またお会いしましょうね！」

三人の侍女もうれしそうな主人を見て、声が弾んだ。

レニとは別れてしまったが、また会う約束もしている。

領都で落ち着けば、またレニに会うこともできるだろう。

「レニは……すごいのですわ。天才です。……それに、その、すぐにわたくしをうれしくしてくれますの」

キャリエスが恥ずかしそうにはにかむ。

三人の侍女はそれに「そうですね」と頷《うなず》いた。

「殿下、こちらはどうしますか？」

三人の侍女が示したのは出発時にレニからもらったもの。

キャリエスは王女であり、身なりにも気をつける必要がある。渡された袋のまま持ち歩くことはできない。

「こちらの回復薬と護符は私たちがお持ちします。こちらはどうされますか？」

「それは持っていたいのです」

キャリエスが示したのは【閃光石《せんこう》】と【花火石】。二つ持っても、てのひらに収まるぐらいの大きさであり、これならばポケットに入れても目立つことはない。

本当であれば、ポケットにものを詰め込むことは淑女としてはふさわしくない。

けれど、キャリエスは自分で持つことを選んだ。

「……この人形も、できるだけ持っていたいと思いますわ。公式な行事では無理かもしれませんが」

胸に抱えていた【身代わり人形】をぎゅっと抱きしめた。

幼いこどもが持つにはデザインがすこし奇抜だ。これを持ち歩いていれば、口さがない貴族たちに、またなにか噂《うわさ》をされる可能性がある。

が、キャリエスはその人形を手放すつもりはなかった。

「なにか言われてもかまいません。レニが……くれたものだから」

自分を指差し嘲笑《ちょうしょう》する人と、自分を心配し笑顔を向けてくれる人。

キャリエスが大切にしたいのは、圧倒的に後者だった。

「はいっ！　もし、なにか言ってくる人間がいたら、私たちが許しませんから！」

「そうです！」

「回復薬と護符もすぐに取り出せるようにしておきますので、声をかけてください」

三人の侍女がキャリエスの選択を応援する。

そうして、何回かの休憩を挟みながら、馬車は進んでいく。

ともに発ったガイラル伯爵はかなり先行しており、休憩中も会うことはなかった。

馬車は次の街を目指して行き、気づけば辺りは夕闇に染まり、夜になった。

次は休憩ではなく、宿泊地へ着くはずである。

護衛を増やしたキャリエス一行に憂いはなく、今日の旅程も終わり。キャリエスがほっと息をついたとき、それは起こった。

――チリンチリン

鈴の音だ。


「っ……!!　みな、変わりはありませんかっ!?」

「殿下、どうされました？」

「とくになにもありませんが……」

「鈴が、鈴が鳴っているのですわっ！」

初めて聞こえた鈴の音。

それは【察知の鈴】をつけているキャリエス以外には聞こえていない。

ただ、キャリエスの様子と、レニの言っていたことを聞いていた三人の侍女はすぐに動いた。

「すぐにピオ様に知らせますっ！」

馬車を止めるように馭者《ぎょしゃ》に伝え、馬で並走していたピオに警戒を強めるように伝える。

ほどなくして、馬車が止まり、警備する者たちが周りを取り囲んでいるのがわかった。

そして、コンコンッと馬車の窓がノックされる。

侍女がカーテンを開けると、そこにはピオがいた。

伝達用の小窓が開かれる。

「殿下、お伝えいただきありがとうございました。……馬車からは出ないようにお願いいたします」

「ピオ、一体どうなっているの？」

「……殿下のおかげで、奇襲は防ぐことができました。こちらも態勢を整える時間がありましたが……数が多すぎます」

「数……？」

「お茶会で現れたあの魔物です」

「あの鎧《よろい》の……？」

「殿下、馬車から出ないようお願いします」

ピオはそれだけ言うと、一礼をし、馬車から離れていった。

そして、開かれたカーテンの向こう。馬車の窓から見えたのは——

「これは……」


——夜の闇に紛れる大量の【蠢く鎧《リビングメイル》】。

数は二〇を超えているだろう。


「殿下っ、こちらへ」

侍女が素早くカーテンを引き、その光景を視界から外す。

そして、キャリエスが一番安全になるように席を入れ替えた。

しばらくは、激しい剣戟《けんげき》が聞こえていた。たくさんの警備の者の声も。

が、それも聞こえなくなる。

耳に入ってくるのはギギッという金属の擦《こす》れる音に代わり——

「っ!?」

「これは……!?」

「殿下ッ!!」

キャリエスと三人の侍女の体に突然、浮遊感が現れた。

馬車持ち上げられたのだ。

そして、そのまま地面へと叩《たた》きつけられた。

「ああっ！」

「きゃっ……！」

「あっ！」

三人の侍女はすぐさまキャリエスを庇《かば》うように、全員で抱き込んだ。

「みな……っ？」

壊れた馬車。

どうにか意識を保ったキャリエスが見た光景は——

「そんな……」

侍女たちは全員、気を失っている。

そして、馬車の外には警備の者が地面に伏していた。

立っているのは【蠢く鎧《リビングメイル》】だけ。

キャリエスの目には絶望が映っていた。

そんな絶望の中、不思議なことがあった。

「……なぜ、来ないの？」

【蠢く鎧《リビングメイル》】が馬車には入ってこないのだ。

近くまでは寄ってくる。が、なぜか目の前で立ち止まり、方向転換をして元の場所へと帰っていく。

何体もの【蠢く鎧《リビングメイル》】が同じように行動していた。

「もしかして……」

気を失っている侍女へと視線を移す。

侍女が持っていたはずの【回避の護符（特）】は、力をなくした手から離れ、ちょうど馬車の木の破片に隠れるように落ちていた。

これが護符を使うのに必要な行動、「埋める」という判定になったのだろう。

「……レニ」

――守ってくれている。

離れていても、たしかにレニがキャリエスを守ってくれている。

絶望の中で、折れそうなキャリエスの心を支えてくれている。

「王女殿下、どこですか？」

そのとき、よく知った声が響いた。

「迎えに来た者の前に姿を現さないのは、王女殿下らしくないですね」

「……ガイラルっ」

大量の【蠢く鎧《リビングメイル》】の中、一人立っている人間。

ガリム・ガイラル。ガイラル領の領主であり、伯爵位を賜っている。

「出てこないのであれば仕方ありません。……これが見えますか？」

ガイラルはキャリエスが隠れているだけで、近くにいると考えていた。

そこで、考えたことは――

「王女殿下。大事な騎士がどうなってもいいのですか？」

「ピオ……」

――人質。

ガイラルの周りにいる【蠢く鎧《リビングメイル》】の一体が、ピオの手首をつかみ、無造作に持ち上げていた。

きれいな赤い髪は土に汚れ、ほかもボロボロになっている。

すでに気を失っているようだが、ほかのどの人間よりも重傷に見えた。

「この騎士は神の使いを三人も行動不能にしました。罰が下ってもしかたがありません」

ガイラルがそう言って、送った視線の先には【蠢く鎧《リビングメイル》】が三体、地面に縫い付けられていた。

ピオは奮戦をして……けれど、多勢に無勢でどうしようもなかったのだ。

「どうしますか、王女殿下」

ガイラルの言葉を受け、【蠢く鎧《リビングメイル》】が剣をピオに突きつける。

「ピオ……」

ピオはキャリエスの騎士だ。ピオはここでキャリエスが飛び出すことを望まないだろう。

レニが【回避の護符（特）】で守ってくれているのだ。

ガイラルの話は聞かず、この場でじっとしているのが一番いい。


「……わたくしは、ここです」


キャリエスは悩んで……。

けれど、ピオを見捨てることはできなかった。

壊れた馬車から回復薬と【身代わり人形】だけを持ち、馬車から飛び出す。

馬車から飛び出せば、もう護符の効果はない。

すぐに、ガイラルの視線がキャリエスへと刺さる。

ようやくキャリエスを見つけたガイラルは穏やかに笑った。

「王女殿下、そこにいらっしゃったのですね」

「ガイラル……。なぜ、このようなことを……」

キャリエスはガイラルを信頼していた。幼いころから、なにかにつけて助けてくれていたのだ。

地味な王女、噂だけの力のない王女。

周りがそう言う中で、ガイラルは常に穏やかな顔で、キャリエスを支えてくれていた。

今回、王太子の即位の儀式の際、迷惑にならないようにしたいと相談すれば、すぐに領地へ来るように誘ってきた。

「なぜか。そうですね。その答えは決まっています」

穏やかな顔でガイラルは告げる。

「あなたが神の子だからですよ」

それ以外に理由はない、と。

「神の子があなたなのではないか、とずっと考えていました。だが確証がない。王女であるあなたを襲うのはリスクが高すぎます。ですので、あなたの懐に入ったあとは機会を窺《うかが》っていました。今回も領都まで来ていただいたあと、ゆっくりと過ごしていただこうと考えていたのですが……」

灰色の目がギラッと光った。

「ついに確証を得た」

そして、夢見るように告げる。

「市長の屋敷で見たあの光。魔物を浄化した力。あれこそが神の力に違いない。王女殿下の騎士が襲われそうになり、ようやくその力が目覚めたのですね」

「あれは……」

わたくしではない。

キャリエスはそう言おうとして……。けれど、口を閉じた。

もし、ここでキャリエスではないと言えばどうなるか。

ガイラルの様子から見て、はいわかりました、と信じてもらえることはないだろう。言うだけ無駄だ。

さらに――

「今日も力が見られるかと思い、神の使いを大量に連れてきたのですが。今日は力を見ることができず残念です」

――もし、力の持ち主がキャリエスではなく、レニだと知られたら？

実際に魔物を浄化した光が出現したことは間違いない。

ガイラルがそれを目撃している以上、なにも起きなかったとは言えないのだ。

今はレニだとは思っていないようだが、キャリエスの返答によっては、疑いがレニにかかってもおかしくはない。

「……ついていきます」

「ええ。賢明な判断。さすが王女殿下です」

ガイラルに答えながら、キャリエスは胸に抱いていた回復薬の蓋を、そっと開けた。

レニにもらった回復薬。「飲めば元気になる」と言っていた。

しかし、それではガイラルに気づかれてしまう。

ガイラルはピオの状態が回復することを許さないはずだ。

そこで、キャリエスはレニがやっていたもう一つの方法を使うことにした。

「……お別れをしますわ」

「ええ、そうですね。この騎士は随分と忠実でしたから。あなたからの言葉を望んでいるでしょう」

穏やかな口調。

ピオをこんな状態にした人間の言葉とは思えない。

キャリエスはぎゅっと唇を噛《か》んで、回復薬をピオへと移動させる。傷だらけのピオの手を胸の前で組ませ、そこに回復薬を挟んだ。

角度を調整すれば、蓋の開いた回復薬がすこしずつこぼれ、ピオの服に染みていく。

「別れは済みましたか？」

「ええ」

キャリエスはすぐに立ち上がった。

レニは負傷した兵士に回復薬を思いっきりかけていたが、同じようにすれば、ガイラルに不審な動きを咎《とが》められるだろう。

今はこれが精いっぱい。

ピオの体が治るという確信はなかったが、なにもしないよりはいいとキャリエスは判断した。

――チリンチリン

鈴の音が鳴る。

レニがくれた大切なもの。左の手首につけた鈴。自分の身に迫る危険を教えてくれる音。

「では、どうぞ王女殿下」

ガイラルが自分が乗っていた馬車を示す。

キャリエスは右手を握り、前を向いた。

「ええ」

できるだけ気丈に。こんな男に怯《おび》えるわけにはいかない。

今、後ろを振り向けば、ピオに起こることに気づかれてしまうかもしれない。

そうすれば、ピオはまた痛めつけられるだろう。

「私はあなたのよく考えることができるところは美点だと思いますよ」

ガイラルの言葉にキャリエスの胸はざわざわと騒いだ。

けれど、気にせず、そのまま馬車へと乗り込む。

――チリンチリン

鈴の音は鳴り続いた。

第六話　領都へ向かいます

キャリエスちゃんが危ない。

情報を得た私とサミューちゃんはすぐに村を発《た》つことにした。

村の人はこどもが解放されて、家族で過ごせることを喜んでくれている。引き留められたが、今はキャリエスちゃんが優先だ。

「さみゅーちゃん、きゃりえすちゃんのばしょ、わかる？」

「はい。別れる際に旅程を聞いております。現在はこの街の辺りではないかと」

サミューちゃんが地図を開いて、教えてくれる。

縮尺が不明なのではっきりとはわからないが、それなりに離れているように感じられた。

「とおい？」

「そうですね。今日一日で、かなり離れると聞いています。けれど、レニ様のアイテムと私の【魔力操作】で能力を上げた体であれば、追いつくことは可能かと思います」

「うん。じゃあいこう」

「まずはこの道をまっすぐです」

サミューちゃんに案内してもらいながら、キャリエスちゃんの元を目指す。

今日は三日月だから、あまり光はない。でも、猫の目があるから大丈夫。

私がぴょーんっと跳んで、サミューちゃんは一足一足で一気に前に進んでいった。

「レニ様、あともうすこしかと思いますが、体調は問題ありませんか？」

「うん」

さすが【猫の手グローブ】と【羽兎《はねうさぎ》のブーツ】。

もう二時間ぐらいはぴょんぴょんと跳んでいるけれど、まったく疲れない。

けれど、実は一つ問題が……。

それはキャリエスちゃんと合流してから考えよう。

なので、言わずにいると、向こうから猛スピードでやってくる馬が見えた。

乗っているのは――

「ぴおちゃん」

「……っ!?　レニ君か!?」

ピオちゃんはキャリエスちゃんの騎士。

だから、たくさんの警備の兵士と一緒にキャリエスちゃんを守っていたはずだ。

けれど、ピオちゃんは一人だった。

不思議に思いながら、足を止める。

私の姿を認めたピオちゃんはそのまま馬で走り寄ってきた。

「すまない……っ!!　殿下が……!!」

近くまで来たピオちゃんが馬を止める。そして、転がり落ちるようになりながら、私の前で膝をついた。

私を見上げる赤い目はすごく必死で――

「レニ君、助けてほしい。……幼い君にこんなことを頼むのは、恥知らずだとわかっている。でも、君しか……っ!!」

「うん。まず、はなしをきく」

その焦った様子と必死な目から、キャリエスちゃんの身に大変なことが起こったことはわかる。

なので、落ち着いて話をするように促すと、ピオちゃんは要点をかいつまんで教えてくれた。

・もうすこしで宿泊する街に着くというところで、強襲された
・敵は大量の【蠢く鎧《リビングメイル》】だった
・ピオちゃんもがんばったが多勢に無勢で途中で倒れてしまった
・気づいたら、キャリエスちゃんはおらず、ピオちゃん一人が無傷だった

「僕以外は全滅だった。僕も重傷を負ったはずだが、なぜか傷がなく、体力も戻っていた。鎧《よろい》や服

には攻撃の痕は残っていたから、攻撃され倒れたのは間違いない。そして、僕は胸にこれを持っていたんだ」

そう言って、ピオちゃんが見せてくれたのは空になった回復薬の入れ物。

「ぴおちゃん、のんだ？」

「いや、気を失っていたし、薬を飲めるような状況ではなかった。ただ……服が濡《ぬ》れていた」

「そっか。きっと、きゃりえすちゃんが、かんがえたんだね」

キャリエスちゃんは私がドラゴンと戦った兵士を助けるときに、回復薬をかけて治したところを見ている。

だから、それをピオちゃんに施したのだろう。

「殿下が……」

「れにのかいふくやく、のまなくてもきく」

「そうか……これはそんなにすごいものなのか」

「うん。ふつうはわからない。きゃりえすちゃん、しってた」

私の言葉にピオちゃんの目は悔しそうに歪《ゆが》んだ。

「……僕だけが助かってしまった」

ぽつりと漏れた声には苦しさが滲《にじ》んでいた。

ピオちゃんがキャリエスちゃんを大事にしていることはわかっている。

きっと、すごくつらいだろう。

「相手は大量のリビングメイル。いくらここで人を集めても敵《かな》わない。けれど、王都まで戻って救援を呼んでいては、時間がかかりすぎる。殿下の身に危険が及ぶだろう」

ピオちゃんが一人でここまで走ってきた理由。

それは――

「レニ君しか思い浮かばなかった」

――私を探すため。

「すまない……本当に申し訳ないと思う。幼い君にこんな風に縋《すが》るなんて、自分で自分が許せない。だが、君以外に殿下を助けられる人物が見当たらないんだ」

そこまで言うと、ピオちゃんは言葉を選ぶようにそっと告げた。

「トーマス市長の屋敷でリビングメイルを消した光、あれはレニ君だろう？」

……うん。バレている。

「……」

『ひかりになぁれ！』が私だと、普通にバレている。

別に言ってもいいかもしれないが、サミューちゃんは隠そうとしていたみたいだし、どうしたらいい？

なんとも答えることができず、サミューちゃんを振り仰ぐ。

すると、サミューちゃんは私の代わりに話を受けてくれた。

「なぜ、レニ様だと思うのですか？」

「……殿下は立派な方だ。それはこの国の王女殿下として、努力されているから。噂《うわさ》にあるような力があるからではない」

「それで？」

「だから、あの光は殿下から出たものではないことはわかる。そして、君は僕がリビングメイルと相対しているときに『自分には魔物を消す魔力はない』と断言した。そこまで言っておいて、そのあとに力を使うことなどないだろう」

そうなんだよね。タイミングがね……。サミューちゃんが否定したあとだったんだよね……。

「僕はリビングメイルと戦いながら、なにかに守られているような気配をずっと感じていた。姿は見えない。けれど、時折聞こえたレニ君の声と現れ方。僕はレニ君だと考えた。きっと殿下も気づいていらっしゃる。が、それを言うことはないだろう」

どうやら、キャリエスちゃんもあの光が私だと思っているようだ。

そして、二人ともお互いにその話をすることはなかったのだろう。

「僕もだ。レニ君が望むならば、だれにも言わない。これまでも、これからも」

ピオちゃんのまっすぐな赤い目。

私はその目を見て――

「わかった。しんじる」

――こくり、と頷《うなず》いた。

「レニ様……」

サミューちゃんが困ったように眉を寄せる。

心配してくれているのだ。

「さみゅーちゃん、だいじょうぶ」

なので、サミューちゃんを安心させるように、ふふっと笑った。

「ぴおちゃん、りっぱなきし。うそはいわない」

ピオちゃんが生真面目な騎士であることは最初からわかっている。

キャリエスちゃんを守ろうとしているとき、私に謝ったとき、そして、今。いつだってその言葉はまっすぐだから。

「あのひかり、れにがやった」

ときどき、胸が熱くなる。

その熱いのを集めると、出てくるのだ。

「……じつは、まだうまくつかえない」

が、百発百中ではない。

自分でも使えるときと使えないときの差はわからない。でも、ここぞ！　というときには使えているから、なんとかなると思う。

もし、あの光がなくても、私にはカンストしたアイテムがあるから！

「だいじょうぶ」

どれだけの人が倒れていようとも。

「たすける」

最強四歳児なので！


「れににおまかせあれ！」


ふふんと胸を張る。

ピオちゃんはこらえるように、ぎゅっと目を閉じた。そして、片膝をついて、胸に手を当てる。

「……ありがとう、レニ君」

「うん」

ピオちゃんに安心してもらえるよう、目の前の赤い髪に手を伸ばす。

そして、そっと撫《な》でた。ピオちゃんの髪はさらさら。

「レニ君、くすぐったいよ」

ピオちゃんがふふっと笑う。

すると、突然、サミューちゃんが叫んだ。

「あー!!」

「え、さみゅーちゃん？」

なにかあった？

びっくりして髪を撫でていた手を引っ込めて、サミューちゃんへと近づく。

サミューちゃんは、なんでもない、と首を振った。

「申し訳ありません。レニ様の尊さと、この状況の歯がゆさに取り乱しました」

「だいじょうぶ？」

「はい。問題ありません」

それならいいんだけど……。

「おそわれたばしょ、いく？」

ピオちゃんの話によれば、リビングメイルに襲われ、みんな倒れているようだ。

早く助けに行ったほうがいいだろう。

「ぴおちゃん、うま？」

「ああ。しかし、もう限界かもしれない」

私とサミューちゃんはこのまま行くとして、ピオちゃんはどうするか。

馬はここまでで疲れてしまったようで、ふぅふぅと荒い息を吐いていた。

「あいてむぼっくす」

そんな馬のために、アイテムを選んでいく。

まずは体力回復。そして、能力アップが必要だよね。

「けってい」

取り出したのは【回復薬（特上）】と【俊足の蹄鉄《ていてつ》】。

回復薬を飲んだ馬はすぐに元気を取り戻したようで、荒かった息は正常に戻り、毛艶もよく、目もきらきらしている。

【俊足の蹄鉄】は騎乗系の動物の装備品で、移動速度が上がるものだった。

サイズ調整が難しいかと思ったが、そこはさすが私のアイテム。馬にぴったり。

ピオちゃん曰《いわ》く、騎士は馬の世話ができることも必須とのことで、器用に付け替えた。

「すごいな、これまでもジュリアーナは素晴らしい馬だったが、移動速度が格段に上がっている」

元気になった馬で、すこしだけ試し乗りをしたピオちゃんが感嘆の息を漏らす。

ジュリアーナというのが馬の名前かな？　白くてきれいな馬だと思う。

これなら、私とサミューちゃんについてこられるだろう。

「じゃあいこう」

「ああ。こっちだ」

ピオちゃんの案内で、リビングメイルに襲われた現場へと急ぐ。

宿泊先の街へ向かっていたはずのキャリエスちゃんの一行は、本来の道よりも北側へ逸《そ》れていた。もし、ピオちゃんが私たちと出会えなければ、私とサミューちゃんだけでは通り過ぎてしまっていたかもしれない。

ドラゴンに襲われていたときと同じようにして、倒れている全員に回復薬を飲ませていく。

前回より数が多くて大変だったが、それは大丈夫。私のアイテムはカンストしている！

というわけで。

「みんなげんき」

「「おー！」」

元気になったみんなが声を上げる。

今回もみんな無事でよかった。

「レニ様、ありがとうございました……っ」

「どうか殿下を……っ」

「殿下をよろしくお願いいたします……っ」

壊れた馬車の中で気を失っていた、キャリエスちゃんの三人の侍女。

みんな元気になったが、三人ともキャリエスちゃんがいないことで、その表情には焦りや悲壮感が浮かんでいた。

そう。今回はここで終わりではない。

キャリエスちゃんの救出に向かわなければならないのだ。

三人の侍女に「わかった」と頷く。

するとそこへ、情報を集めていたサミューちゃんと、部下へ指示をしていたピオちゃんが戻ってくる。

そして、二人が告げたのは——

「レニ様。強襲されたとき、かろうじて意識があった兵士がいます。話を聞きました」

「ああ。僕も聞いてきた。やはり犯人は……」


——犯人の名前。


「ガイラルだ」

「ガイラルです」


二人が挙げたのはガイラル。ガイラル領の領主で伯爵。

助けた村の地下室でサミューちゃんが見つけた資料では、教団の司教と書かれていた。

「しっぱいした」

ガイラル伯爵とピオちゃん、警備のみんなにキャリエスちゃんを守ってもらい、私がこどもたちやキャリエスちゃんを襲う大元を潰《つぶ》そうと思っていた。

でも、ガイラル伯爵が大元であったなら、私がキャリエスちゃんとともにいるべきだったのだ。

「すず……ならなかった」

私がガイラル伯爵にお茶会で会ったとき、【察知の鈴】は鳴らなかった。ガイラル伯爵に私を襲うつもりがなかったからだろう。

その後、キャリエスちゃんに【察知の鈴】を渡したが、それはどうだったんだろう。

「鈴とはレニ様が殿下に渡していただいたものでしょうか？」

「うん。きけんだとなるはず。がいらるはくしゃくがいたとき、ならなかった？」

一週間、トーマス市長の屋敷で一緒にいたとはいえ、片時も離れずにキャリエスちゃんとともにいたわけではない。

そのあたりのことはピオちゃんや三人の侍女のほうが詳しいはずなので、聞いてみる。

すると、ピオちゃんは顎《あご》に手を当てて、三人の侍女は顔を見合わせて答えた。

「レニ君が鈴を渡したあと、すぐにガイラルは屋敷を発ったから、殿下とガイラルが一緒にいたことはなかったと思う」

「はい。それと、殿下はレニ様からもらった鈴をとても大切にしていて、宝箱にしまっていました」

「トーマス市長に商人を紹介してもらい、加工を頼んでいたのです」

「レニ様が『ゆっくり休めるように』と言ってくださったので、夜は持っていることが多かったように思います」

「そっか……」

「今回、僕たちは大敗をしてしまったが、最初に強襲に気づいたのは殿下なんだ。鈴が鳴っているから気をつけてほしい、と」

「うん」

「おかげで奇襲は避けられ、なんとかだれも亡くならずに済んだのだと思う」

ピオちゃんと三人の侍女の話を聞いて、ふぅと息を吐く。

ちゃんと守りたかったけれど、うまくいくときだけではない。

それでも、最低限のことができた、そう思いたいが……。

「はやく、きゃりえすちゃんをたすけよう」

いなくなってしまったキャリエスちゃん。ガイラル伯爵が連れていったのだろう。

きっと、一人で怖いはず。

「いそがないと……」

そう言って、一歩踏み出す。

けれど、体がぐらりと傾いて――

「レニ様っ！」

すかさず、隣にいたサミューちゃんが体を支えてくれる。

すぐに体勢を整えようと思うんだけど、うまく体に力が入らなかった。

「レニ様……っ」

「どこか体調が？」

「いけません、こちらへっ！」

三人の侍女が休めるよう場所を探してくれる。

私はそれに首を横に振った。

「ねむいだけ……」

そう。だから大丈夫。実はずっと眠かったのだ。

装備品のおかげで疲れないとはいえ、すでに四歳が起きている時間ではない。

転生前は一徹ぐらい余裕だったが、今はちょっと無理かも……。

でも、今は寝ている場合ではない。

「かいふくやく……のむ」

眠り薬を飲んだときとほぼ変わらないぐらいの眠気。勝手に目が閉じそうになるのをなんとかこらえて、答える。

この眠気も状態異常だと考えれば、回復薬を飲めば治るはず。

だから、そう言ったのだが――

「それはよくない、レニ君」

止めたのはピオちゃんだった。

「みな、レニ君に救われた。殿下の救出を頼んだ僕が言えた義理ではないが、そのために君に負担をかけすぎては、あとで殿下に叱《しか》られてしまう」

「そうです。レニ様は成長途中なのです。眠たくなるのは当然のこと、体のためです。アイテムで解決するよりはきちんと睡眠をとるべきかと考えます」

ピオちゃんのあとにサミューちゃんも続く。

サミューちゃんはアイテムの使い過ぎは成長を妨げるといつも教えてくれる。今回の言葉ももっともだ。

「でも……」

早くキャリエスちゃんを追いたい。

なので、首を縦に振るのを渋ると、ピオちゃんが「わかった」と頷いた。

「レニ君。ジュリアーナにもらった蹄鉄はもう一組あるだろうか？」

「うん、ある……」

「それならば、それをもう一頭の馬につけさせてほしい。そして、馬車で移動するのはどうだろうか」

「ばしゃ……？」

「そうだ。馬車であればレニ君も中で休めるし、移動もできるから、殿下の救出が遅くなることもない。レニ君の蹄鉄をつければ、スピードも出る。できるだけいい馬車を用意するから、それで行こう」

ピオちゃんの話を聞いて、回りにくくなった頭で考えてみる。

夜通し走ることになってしまう馬には申し訳ないが、それが一番いい案に思えた。

「おねがい……」

「ああ。準備をする。君たちはレニ君が休めるよう、馬車の中を整えてくれ」

「「はい！」」

ピオちゃんにもう一組【俊足の蹄鉄】を渡す。

受け取ったピオちゃんは三人の侍女に指示をすると、すぐにその場を離れていった。

兵士の人に話をしているようだから、いろいろとしてくれるのだろう。

私はもう、立っているのも限界で——

「レニ様、失礼します」

近くに人がいなくなったことを確認して、サミューちゃんが私にフードをかぶせた。

これで私の姿が見えなくなったはずだ。

そして、優しく抱きかかえられる。

サミューちゃんのあたたかい体と安心できる手。

「ありがと……さみゅーちゃん」

「はい。ゆっくりとお休みください」

私はそのまま意識を手放した。


ガタゴトと馬車が揺れる。

その音に合わせて、ゆっくりと意識が浮上していった。

昨日、夢見心地で馬車に乗り、サミューちゃんに言われるままに【猫の手グローブ】と【羽兎のブーツ】を外した気がする。

今はたぶん【隠者のローブ】だけをつけて、フードをかぶっている状態かな。

「……ん」

眠気に勝てず、サミューちゃんに馬車まで運んでもらったのだろう。

で、たぶん今は馬車の中だ。

馬車で寝ると体が痛くなりそうだが、背中には柔らかいクッションが置かれているようで痛くない。四歳児の小さな体だと、馬車の中でも普通に横になれていて、それもよかったのだろう。

あと――

「あったかい」

後頭部にも上等な枕を置いてくれたようで、柔らかくて痛くない。それどころかふわふわと温かいのだ。

なので、その感触を確かめるように、すりすりと頭を動かした。その拍子にフードが脱げた気がした。

「ひぐぅっ……！」

すると、頭上から不思議な声が。

パチリと目を開けると、見えたのはサミューちゃんの顔。馬車に座って、私の顔を覗《のぞ》きこんでいたようだ。

「さみゅーちゃんだった」

後頭部の温かいものはサミューちゃんの膝だったんだね。

目覚めたとき、一番にサミューちゃんの顔が見えたので、思わず、ふふっと笑ってしまう。

「おはよう」

そして、そのまま手を伸ばす。

頬《ほお》を撫でれば、サミューちゃんの呼吸が止まった。

「あ」

しまった。

寝ぼけていた。これは絶対にまずいやつ……！

「あああああ」

私の予想は的中し、サミューちゃんがカタカタと揺れる。

そして――

「あ、無理、尊い、むり、ちしりょう」

……目覚めから、サミューちゃんの白目を見てしまった。

「ごめんね……」

呟《つぶや》いて、急いでサミューちゃんから体を離し、ちゃんと自分で馬車へと座る。

すると、数秒後、サミューちゃんはいつもの美少女の顔に戻った。

「レニ様、おはようございます」

「……うん」

「僭越《せんえつ》ながら、馬車の中では、私が膝枕……っ、膝枕をさせていただきましたっ！」

言いながら、サミューちゃんの息がまた荒くなる。

思い出し呼吸困難……？

「さみゅーちゃん、やすめた？」

「大丈夫です！　これ以上なく、幸せでした！」

休めた？　という質問に幸せだと返ってくる謎。

一晩中、膝枕をしてくれていたんだとすれば、体勢などもしんどかったはずだが、サミューちゃんはいつもよりツヤツヤとしていた。

うん……サミューちゃんが元気なら、それでいいんだけど。

「レニ様のアイテムのおかげで、馬も素晴らしい移動速度で領都を目指しています。途中でガイラルに追いつくかもと考えましたが、それはありませんでした。どうやらあちらも普通の馬ではなかったようです」

「うーん……ですほーすかなぁ……」

【俊足の蹄鉄】をつけた馬でも追いつけないガイラル伯爵の馬車。

考えられるのは【死霊の馬《デスホース》】と呼ばれる、生きた馬とは違うものを使役している可能性だ。

デスホースはリビングメイルと同じく、【彷徨《さまよ》える王都　リワンダー】のマップで出てくる魔物だった。

不老不死の魔法陣に巻き込まれた馬たちが実体をなくしながらも、手綱や鞍《くら》、鐙《あぶみ》などを装着したまま、青く光る霊体のようになっている魔物のことだ。

あの魔物ならば、一晩中走り続けることも可能だし、空を飛ぶように走るので私たちよりも速いかもしれない。

ゲームの知識を思い出しながら話すと、サミューちゃんは「なるほど」と頷いた。

「たしかにデスホースであれば、私たちが追いつけないのも無理はありません。リビングメイルを従えているのであれば、デスホースを従えていても不思議はないですね」

こうなると、ガイラル伯爵は【彷徨える王都　リワンダー】のマップで出てくる魔物のすべてを使役できると考えてもいいのかもしれない。

なぜ可能なのかはわからないが、もしかしたら【彷徨える王都　リワンダー】に関係があるのだろうか。

「へるばーど、ぐーるとかもいるかも」

【死を呼ぶ鳥《ヘルバード》】、【這う亡霊《グール》】なども従えている可能性がある。

「たしかに……。ヘルバードがいれば、お茶会で空からリビングメイルが現れたことも説明がつきます。ヘルバードに運ばせたのでしょう」

「うん」

突然、空から現れてびっくりしたけれど、空を飛ぶ魔物を従えているならば可能だ。

今のところ、リビングメイルにしか襲われていないので、本当かどうかはわからないが。

「レニ様は魔物についての知識も豊富なのですね」

サミューちゃんがそう呟くと、コンコンと馬車がノックされた。

聞こえてきたのは馬車の前方からで、そこには馭者《ぎょしゃ》と連絡するための小窓がある。

「レニ様、アイテムを」

「うん」

サミューちゃんに促され、【猫の手グローブ】と【羽兎のブーツ】をつける。

サミューちゃんは私がアイテムを装備したことを確認すると、小窓を開いた。

「話し中、すまない。そろそろ領都に着く」

「ぴおちゃん」

「レニ君、おはよう。すこしは眠れただろうか」

「うん。ぐっすり」

どうやら馭者をしていたのはピオちゃんだったらしい。

赤い髪が風に揺れ、赤い目が私を見て、柔らかく笑った。

「これから領都に潜入し、殿下の救出を目指すことになる。領都に入ると落ち着くこともできないだろうから、ここで朝食を摂《と》り、備えたい。いいだろうか？」

「うん」

「わかりました」

ピオちゃんの言葉に頷くと、徐々に馬車はスピードを緩め、ゆっくりと止まった。

サミューちゃんが開けてくれた扉からぴょんっと降りる。

辺りを見ると馬車は一台で乗っているのは私とサミューちゃんだけ。馭者のピオちゃん以外にほかの人は見当たらないから、どうやらこの三人で領都に潜入するようだ。

「さんにんだけ？」

「ああ。人数を増やしてもリビングメイルに対抗できるとは思えなかった。それに、もしガイラルが領都全体を人質として取ると僕たちは動きづらくなる」

「そうだね」

「ならば、できるだけ戦いは避け、殿下の救出だけを目標にするのがいい。それならば目立たないように人数は絞るべきだ」

「私はレニ様と二人で十分。人間の騎士など不要だと考えましたが」

「僕も君たちと同じように戦えるとは思っていない。だが、馬車を制御し、情報を集める者が必要なはずだ。君はエルフだから目立つし、レニ君はまだ幼い」

「わかっています。それはもう話しました」

「……君がまた、文句を言い出したんだろう」

「文句ではありません。事実を再確認しただけです。レニ様と私だけで十分だ、と」

二人の視線の間にバチバチと火花が散っているのがわかる。

うん……。サミューちゃんとピオちゃんはちょっと仲が悪い。

サミューちゃんはそもそも人間が好きではないし、ピオちゃんが私にしたことをまだ許していないみたいだし。

ピオちゃんは私にしっかり謝ってくれたし、丁寧だし、すごいと思う。が、どうもサミューちゃんとは相性が悪いようだ。

「さみゅーちゃん、ぴおちゃん」

二人の手を同時に握る。

サミューちゃんもピオちゃんもすぐに私を見てくれ、表情をやわらげた。

「レニ様、すぐに準備しますね」

「レニ君、すこし待っていてくれ」

二人とも私には優しいんだけどなぁ。

私に声をかけた二人はそれぞれに用意を始める。

サミューちゃんは馬車からイスを出してくれ、私を座らせてくれた。

そして、ピオちゃんは火をおこし、なにかを作っているようだ。

馬車を止めたすぐそばには小川がある。

サミューちゃんは私が顔を洗うための水を用意したり、うがいをさせてくれたりと身支度を整えてくれた。


「レニ君、できたよ」

ピオちゃんに声をかけられて、前を向く。

焚《た》き火には鍋がかけてあって、ピオちゃんはゆっくりとそれを混ぜていた。

「いいにおい」

「ああ。簡単ですまないが朝食のスープだ」

ピオちゃんが木の器に盛ったスープを渡してくれる。

猫の手で慎重に受け取って、中身を覗いた。そこには——

「おいしそう！」

入っていたのは琥珀《こはく》色のスープ。具はキャベツとドライトマトと干し肉かな。干し肉はスープを吸っていて食べやすそうだ。

「すごいね。ぴおちゃん、おりょうりじょうずだね」

「ありがとう、レニ君。だが、これぐらいは野営をする騎士ならば当然の嗜《たしな》みなんだ」

「本当は街へ入って食事を摂ることができるのが一番なのですが……」

そう言うサミューちゃんはパンの載ったお皿を手に持っていた。

「テーブルがないので食べにくいと思いますが、パンを食べたいときは私に声をかけてください」

「うん。ありがとう」

サミューちゃんがそう言いながら、スプーンを渡してくれたので、猫の手で受け取る。

村の民家でもシチューを食べたが、スプーンならば猫の手でも持てるのだ。

スプーンで干し肉と一緒にスープをすくう。口に入れれば——

「おいしい！」

温かなスープはちょうどいい塩加減。干し肉は口の中でほろほろと解けていった。

「干し肉は硬くありませんか？」

「おにく、かたくない。それに、いいかおり」

心配そうなサミューちゃんに「大丈夫」と返す。

スープがとてもおいしい。干し肉の旨味《うまみ》が染み出しているからだ。が、かといって干し肉がスカスカになっているわけではない。爽やかな風味もあり、これは香草が使われているからだろう。干し肉そのものがおいしいのだ。それがよく活かされている。

「すごいね、ぴおちゃん。とってもおいしいよ」

ピオちゃんは騎士の嗜みと言っていたが、短時間でこんなにおいしい料理を作れるのは、嗜みを越えている。

感心してピオちゃんを見つめると、様子が変で――

「ぴおちゃん……？」

「はぁあ……レニ君が、食事を……はぁ；っ……あぁ……っ」

……え？

「ああ……レニ君が……」

おかしい。非常に様子がおかしい。

生真面目で、きりっとしたピオちゃんはどこへ……？

ピオちゃんは息も荒く、顔を真っ赤にして私を見つめていた。

うん。正直言うと、息が荒いのはサミューちゃんで慣れている。だが、ピオちゃんのまたそれとは違う感じだ。

なんていうかこう、サミューちゃんは私を崇《あが》め、拝んでいるという感じの息の荒さ。ピオちゃんはこう……悶《もだ》えている。そう。悶えている。

「はぁ……はぁ……」

頬は紅潮し、眉は切なげに寄せられている。そして、よだれでも垂れそうな顔……。

スープを食べる手を止め、様子の変わったピオちゃんを凝視する。

すると、サミューちゃんが首を横に振った。

「レニ様、見てはいけません」

私の体の向きを変え、ピオちゃんから私の顔が見えないように隠す。

そして、強い瞳で言い切った。

「あれは変態です」

「へんたい」

……なるほど？

サミューちゃんに言われ、顔を隠しながら、そろりとピオちゃんを窺《うかが》う。

顔が赤く、ぷるぷると震えるピオちゃん。サミューちゃんと私の言葉にショックを受けたようで、頭を抱えていた。

「あ、僕は……僕は……っ‼」

軽く汗ばんだ体と潤んだ目。ピオちゃんは自分を抑えるように、ぎゅっと体を抱き込んだ。

「ううう……僕はおかしくない……いや、おかしい。僕は……うっ」

そこまで言うと、ピオちゃんは私をじっと見た。

そして、その場でガシャンガシャンと鎧を外し――

「僕はこんな人間だったなんて……‼」

そのまま近くの川へと飛び込んでいった……。

「ぴおちゃん……」

どうして……。

「レニ様、あれは発情したサーモンです」

「さーもん……」

「川を遡上《そじょう》していきましたね」

……鮭《さけ》は産卵のために川を遡上したあと、死んでしまう。

「さみゅーちゃん、さみゅーちゃん」

きっと、ピオちゃんの様子がおかしくなったのは私のせいだ。

「れに、なにかへんだった？」

普通にごはんを食べていただけだと思うが……。

不安になり、サミューちゃんの袖をクイクイと引いて、顔を見上げる。

するとサミューちゃんの息が止まっていて——

「あ、無理、尊い。クイ死」

——そのまま白目になっていった。

「……みんな」

……休息とは。

キャリエスちゃん救出のためにここまで来た。そして、領都に入る前に息を落ち着けてから潜入しようとしている。それなのに……。

息が吸えなくなり白目になるエルフとハァハァしたあと川を遡上する騎士。

むしろ体力を使っている気がする。

そして、恋しくなる。私がなにかをしても、割とまともな反応をしてくれる人のことが……。

「きゃりえすちゃん……」

目を凝らせば領都の大きな門扉が見える。

レオリガ市もこれまでより大きいと思ったが、それよりももっと大きい。

さすが領都だ。

高い塀の向こうにはたくさんの民家と白い城が見えた。キャリエスちゃんがいるのはあの城だろうか。

――いま、行くからね！

内幕　レニは天才　三

馬車に乗せられたキャリエスは領都まで来ていた。

馬車の馬は【死霊の馬《デスホース》】であり、夜通し走り続けることができる。通常では考えられないスピードと体力で走り、あっという間だった。

領都に着くまでに逃げ出す機会があると考えていたキャリエスだったが、それは不可能だった。

そうして連れてこられたのは、領主の居城の地下。大きな白い城の地下には巨大な施設が広がっていた。

「ここは……」

「まさか私の城の地下にここまでの施設があるとは思わないでしょう？　ここが教団【女神の雫《しずく》】の本拠ですね」

「【女神の雫《しずく》】……。それは神の力を持つこどもについて、予言をした教団のことですわね」

「はい。私がその教団の最高責任者。司教をしております」

「……ガイラルが司教を」

ガイラルの言葉にキャリエスは絶句した。

信じていたガイラル。そのガイラルが、予言をした教団の司教だったなんて……。

「どこに向かっているの？」

「地下施設の中心。礼拝堂ですよ」

ガイラルに目的地を聞きながら、廊下を歩いていく。

「このたくさんのドアはなんですの？」

「一部屋につき三人のこどもがいます。仲良くやっています」

「このドアすべてが、こどもたちを閉じ込めるためのものだなんて……」

「閉じ込めているのではありません。能力の高いこどもたちを保護しているのです」

ドアは二〇はあるだろう。すると六〇人のこどもがいるはずだ。

キャリエスは規模の大きさにぎゅっと拳を握った。

こんなにもたくさんのこどもが攫《さら》われていたなんて……。

どうすれば助けられるのか、キャリエスは考えを巡らせる。

今、ここでキャリエスが暴れても無意味だ。だれかに知らせるのが一番いい。

キャリエスは左手をそっとポケットに忍び込ませた。

手に当たるのは二つの石【閃光石《せんこうせき》】と【花火石】。レニがくれたアイテムで、なんとか外に連絡ができればいいが……。

「さあ、着きました」

そうして、到着したのは、ガイラルが言っていた通り、礼拝堂だ。

施設の中心と言っていたが、ここだけ天井が高い。

地下だというのに、ステンドグラスから光が入り込み、とても神秘的な空間だった。

部屋の中央の奥には祭壇があり、女神像が置かれている。祭壇の裏手には奥に続くための通路のようなものが三つ。

そして、左手には螺旋階段《らせん》があり、礼拝堂の吹き抜けの上部へと続いていた。ステンドグラスの掃除をするための細い通路があるようだった。

キャリエスはそのステンドグラスを見つめる。

光が降っているということは、ステンドグラスの部分は地上へ繋《つな》がっているはずだ。

すると、ガイラルがそんなキャリエスを見て、ふっと笑った。

「どうですか、王女殿下。きれいなステンドグラスでしょう？」

「……そうですわね」

「あれは、私が作らせました。ありし日の王都、リワンダーの姿です」

「リワンダー……？　あの、死霊があふれる都の？」

「ええ。今では彷徨《さまよ》える王都などと呼ばれていますが、それはそれは美しい都だったそうです」

突然始まった話に、キャリエスは不審に思い眉を顰《ひそ》める。

すると、ガイラルは穏やかな顔で話を続けた。

「私は王都リワンダーに住んでいた、王族の末裔《まつえい》なのです」

「ガイラルが？」

「ええ。リワンダーでは過去、大規模な魔法活動があり、王族も民も全滅してしまいました。私の先祖はたまたま外に出ていて無事だったようです」

【彷徨える王都　リワンダー】。不老不死を求めた王により滅びた都。

ガイラルはその末裔だった。

「行き場を失い、国を失った私たちの祖先は、この国へとやってきて生き延びたのです。私たちは元王族。その能力を使い、伯爵位まで登りつめた」

ガイラルはそこまで言うと、キャリエスを見た。

「王女殿下には私と結婚してもらいます」

「わたくしと、ガイラルが？　なぜ？」

「女神の力が受け継がれるからです。あなたが子を産めば、その子に。そしてまた次の子へ。私たち王族に女神の力が宿ることは素晴らしいことです」

「……なぜ、ガイラルはそのようなことを知っているの？」

キャリエスはガイラルがすべてを知っているかのように話すことに戸惑いを覚えた。

教団【女神の雫】の予言についても、なぜそんなに妄信できるのか。そして、女神の力の受け渡しについて、なぜキャリエスが聞いたこともないことを当然のように話すのか。

ガイラルはキャリエスの質問に穏やかに笑った。

「私たち王族が宝玉の力を手にしているからです」

ガイラルが女神の力に詳しい理由。

それは、【宝玉（神）】を手に入れているから。

「王都リワンダーでの魔法活動。それには宝玉が使われました。宝玉は魔法陣に固定され、不老不死を求める王が起動させた。……ただ、それは失敗し、騎士はリビングメイルになり、民はグールとなりました」

朗々と話していく。

「私は秘密裏に何度もリワンダーを訪れるうち、そこに徘徊《はいかい》する魔物たちを操ることができるとわかりました。これが王族である私たちに与えられた力だったのでしょう。宝玉は不老不死だけでなく、民たちを操る力も与えていた。が、操るべき君主は魔法陣に巻き込まれ、魔物たちは意思を失っていたのがこれまでのリワンダーだったのです」

ガイラルはそこまで言うと、まぶしそうにステンドグラスを見上げた。

「リワンダーの文献を読みました。魔物であふれる前は上下水道が完備され、白亜の宮殿とそれを囲むように青い石でできた家が立ち並ぶ、近代化も進んだ都だったようです」

文献をもとに作られたステンドグラス。

そこに描かれた都はとても美しかった。

「私はただ国を取り戻したい」

ガイラルはじっとキャリエスを見た。

「リワンダーを浄化し、死者を土へ還《かえ》す。そして、新たに民を呼び、国を興すのです。私は【女神の雫】の司祭として、すでに信者を集めています。彼らを移住させるつもりです。さらに神の子として集めたこどもたちはみな才能にあふれたもの。彼らもつれていきます」

穏やかに笑う。

「私のために集めた才能のあるものが住む都。それはとても素晴らしいでしょう」

ガイラルの言葉に、キャリエスはぐっと息を呑《の》んだ。

「……民は王族のおままごとのための道具ではありません」

左のポケットの石を握る。

すこしゴツゴツしているのが【閃光石】だ。

「みな、意志を持ち、生活し、自ら居場所を決めるのです!!」

それを思い切って、ガイラルに向かって投げる。

「うぐっ!!」

白く光る世界の中、キャリエスはその光をくぐり抜けるように床を蹴った。

目指すは螺旋階段。

一気に駆け上り、ステンドグラスまで走る。

そして、飾られていた壺《つぼ》を思いっきりそこに投げつけた。

盛大な音を立て、ステンドグラスも壺も両方割れる。そして、ステンドグラスの隙間《すきま》から【花火石】を外へと放る。

これで、レニへの合図になるだろう。

「王族はそれを尊重し、彼らがよりよい生活を送るために、努力をし続ける。王族がいるから民がいるのではありません。民がわたくしたちを認めてくれるから、わたくしたちはこの立場にいられるのですわ！」

キャリエスは王族である父や母からそう教えられていた。

そして、兄も姉がその教えを受け、努力している様を見てきた。

割れたステンドグラスの前で、ガイラルを見下ろし、叫ぶ。

「王のために民がいるのではありません！　民のために王がいるのです！」

キャリエスの強く、まっすぐな言葉。

それを聞き、ガイラルはパチパチと拍手をした。

「素晴らしい。さすが王女殿下です。王太子殿下や姉殿下と比べ、容姿も能力も劣っていますが、矜持《きょうじ》はご立派です」

「……っ」

ガイラルの言葉に、キャリエスは胸がぎゅうっとつかまれたように痛くなるのを感じた。

平凡な茶色の髪と茶色い目。手足も長いわけではない。教えられたことをすぐに覚えられる記憶力もなければ、機転が利くわけでもない。運動に関して言えば、同じ年齢のこどもより下手だという自覚がキャリエスにはあった。

ガイラルはキャリエスのそばにいた。

だからこそ、キャリエスの能力を知っているし、キャリエスが劣等感を抱いていることを知っている。

「このままこの国にいたとして、王女殿下はずっと地味で能力の劣った者として扱われるだけです。その矜持もいつまで保っていられるか。私と行きましょう。私は知っています。王女殿下は神の子です。その力があるのだから」

「わたくしは……」

――神の子ではない。

「わたくしは、たしかに能力はありません」

ガイラルが唯一、認めた力はキャリエスのものではなかった。

ただの地味で能力の劣った王女。

キャリエスは一番それをわかっていた。

「でも……」

なにもないけれど。

なに一つ、優れたものなど持っていないけれど。

「この矜持は失いません！」

王族として生まれ、育てられた。

どんなに弱くても、それだけは汚させない。

民を守るため、いま、ここにいるこどもたちを守るため。キャリエスはガイラルには屈さない。

「ガイラル。あなたは間違っている。あなたとは行きませんわ！　こどもたちを解放しなさい！」

言い放ったキャリエスにガイラルはやれやれと肩をすくめる。

そして、壁で待機していたリビングメイルに声をかけた。

「捕らえなさい」

言葉に反応し、リビングメイルが動き出す。

キャリエスも抵抗したが、幼い身ではどうしようもできず、あっという間に捕まる。

そして、部屋の中心へと連れてこられた。

「そこになにがあるかわかりますか？」

両腕をリビングメイルにつかまれ、暴れてもびくともしない。

キャリエスは返事をせず、ガイラルを見返した。

「王女殿下の立っている場所は、魔法陣の中心なのです。リワンダーにある大型の魔法陣、あれを解析し、すこし手を加えました。リワンダーの宝玉の力を遠隔で使えるようにしています。ただ、力は弱い。それでも、人間の肉体を消すことは可能です」

ガイラルはキャリエスを見下ろし、朗々と話した。

「不老不死を求めた王は肉体を消し、魂をものに定着させることを考えました。さて、王女殿下。あなたの持つ宝玉はどこにあると思いますか？　――魂です。あなたの魂とともにあるのです」

穏やかな顔。

「親から子へ受け継がれるものだ、と私はリワンダーの宝玉から知識を得ました。それでは私自身が宝玉を手にすることはできない。で、あるならば、宝玉を持つこどもの肉体を消し、魂のみにすれば宝玉が浮かび上がるのではないか？」

ガイラルはそこまで言うと、ふっと表情を消した。

「これは確証を得ていません。ですので、本来ならば、使うべきではない。王女殿下。私は王族なのにただの伯爵としてあなたに仕えていました。ずっと思っていたのです。王族とは名ばかりの能力のないこどもが、なぜ私の前にいるのだろうと」

初めて見せたガイラルの表情。

それはいつもの穏やかな顔ではなく、歪《ゆが》んで醜いものだった。

「どうやら私は私が思っているよりも、あなたのことを蔑《さげす》んでいるようです」

常にともにいた。

支えてくれていると思っていた。

努力している姿を見てくれているのだ、と……。

「王女殿下の魂が宝玉として残るのか、このまま消えるのか、グールになるのか、それはわかりません。ただ、あなたのその声は聞かなくてすむでしょう」

ガイラルはそう言うと、床に両手をついた。

魔法陣に言葉を書き足しているのだ。

そして――

「お別れです」

――穏やかな声とともに、床に書かれた魔法陣が発光する。

「……っ」

金色に光る世界の中、キャリエスは覚悟を決めた。

これで、終わり。

だが、こどもたちは大丈夫だろうか。

【花火石】を投げ、レニに居場所を知らせることはできたと思う。そして、できるだけ話を引き伸ばし、注意を自分だけに引き付けることもできた。

レニならうまくやってくれる。そう信じて、目を閉じて――

「くっ……！　なんだこれは……」

バリッと体に電撃が走ったかと思うと、胸のあたりに収束し、そのまま散っていった。

魔法陣の輝きも消え、金色だった世界が元の色へと戻る。

「起動したはずなのに、なぜ生きている」

ガイラルが驚愕《きょうがく》した顔でキャリエスを見る。

そのとき、キャリエスのポケットからぽろっとそれが落ちた。

それは――

「人形……？」

黒焦げになった【身代わり人形】。

レニのくれたものをキャリエスはポケットにねじ込んでいたのだ。

「レニ……」

地味で能力がないキャリエス。

でも、レニはキャリエスの髪をかわいいと言って、瞳をきれいだと言ってくれた。

お辞儀をしたキャリエスを見て、努力を認めてくれた。


――友達になってくれた。

「……レニ」

また、会いたい。

会って、一緒に笑いあいたい。

「助けて……」

小さく声を漏らす。

すると、その瞬間、轟音《ごうおん》とともに、地下室の壁が崩れた。

「おそくなってごめん」

第七話　宝玉はここにあります

休息（?）を終え、私とサミューちゃん、ピオちゃんで領都へと侵入していた。

私は【隠者のローブ】のフードをかぶり隠密。そして、サミューちゃんに抱っこしてもらって、高い塀を越えた。ピオちゃんは伝手《つて》があるということで、門の正面から。

領都はさすが領の中心地。とても広い。

領主のガイラル伯爵がキャリエスちゃんを攫《さら》ったとすれば、一番怪しいのは領城。でも、さすがに堂々と入城したとは考えにくい。

やはり、これまで怪しいところにはすべて地下に施設があったことを考えると、地下だろうか。

ピオちゃんは領城に勤める兵士から情報収集をし、サミューちゃんは城下町で聞き込み。すると、昨夜、青く光る馬車を見たという証言を得た。

たぶん、デスホースの馬車だろう。

目撃情報があったのは領城の北側。領城は領都の敷地の北側にあるのだが、その塀の向こう側には森が広がっている。その森の辺りとのことだった。

三人で森へ向かう。すると、そのとき、空へと花火が上がり――

「この火花はっ!?」

「レニ様！」

「うん。これ、れにのはなび」

青い空に広がる、赤色と白色の猫の形の花火。

私がゲーム内で作った花火の形そのままだ。

「いそぐ」

「はいっ！」

「殿下っ！」

花火が上がっただろう地点に目安をつけ、そこに向かって走っていく。

私の【羽兎《はねうさぎ》のブーツ】の力と、サミューちゃんの【魔力操作】。そしてピオちゃんの馬、ジュリアーナがつけた【俊足の蹄鉄《ていてつ》】があれば、すぐだ。


「ここだね」

たどり着いたのは森の奥。そこだけ木々がなく、拓《ひら》けた土地になっていた。

一見すると、小高い丘。きれいに芝生が生え揃《そろ》いとてもきれいだ。その斜面の始まりにはきれいなステンドグラスがはまっていた。

「どうやらこの下には地下施設があるようです。ここだけは外部と繋《つな》がり、明かりとりとして機能しているのでしょう」

「あそこ、がらす、われてる」

「殿下があそこからレニ君のアイテムを投げたのだろうか」

「そうだね」

この下にキャリエスちゃんがいる。

というわけで。

「はっくつ！」

【つるはし（特上）】を取り出す。

そして、「えいっ！」と斜面に向かって、突き刺した。

ボコッと消える地面。それとともに、巨大な穴が開き、つるはしをしまった私はふわふわとその穴に落ちていった。

見えたのは――

「きゃりえすちゃん」

どうやら私が破壊した部屋は、村の教会のようになっていたようだ。

女神像と明かりとりのためのステンドグラス。その中央にキャリエスちゃんが捕らえられている。

手をつかまれ、床には焦げた【身代わり人形】が落ちていた。

「ちゃくちよし」

地下の床までは吹き抜け二階分ぐらい。私が開けたせいで光が燦々《さんさん》と降り注いでいる。

後ろでサミューちゃんが一緒に着地したのもわかった。

「おそくなってごめん」

キャリエスちゃんまではちょうど一跳びぐらい。

フードをかぶっていない私の姿がキャリエスちゃんにも見えたのだろう。

「レニッ……」

「うん」

いつも凛《りん》としていたキャリエスちゃん。その眉がきゅっと寄って、目から雫《しずく》がぽたりと落ちた。

「レニッ……レニッ……」

「だいじょうぶ」

キャリエスちゃんが泣いている。

その涙を見た途端、胸がカッと熱くなった。

「すぐたすける」

すぐにでもあふれ出しそうな熱さをなんとか抑え、右手に集める。

そして——

「ひかりになぁれ！」

言葉とともにあふれた光が、キャリエスちゃんを押さえているリビングメイルへと届く。

二体のリビングメイルは光に包まれると、そのまま力をなくし、ガシャンとその場に崩れた。

「レニッ、レニッ……っ！」

自由になったキャリエスちゃんが私へと走ってくる。

そのまま飛び込んできた体をぎゅっと抱き留めた。

「いたいところない？」

「ありませんわっ……！」

「しんどくない？」

「どこもつらくありませんわっ。レニが来てくれたからっ！」

キャリエスちゃんはそう言うと、私をぎゅうっと抱きしめる。

その力強さから、キャリエスちゃんが無事なことは確かなようだ。

ほっと息を吐き、キャリエスちゃんが落ち着くように、背中をぽんぽんと叩《たた》く。

そのとき、地下室の奥から声が響いた。

「この光は……」

崩れたリビングメイルの向こう側。

光の届かない場所にその人物はいた。

グレーの髪をオールバックにし、表情は穏やか。声も相変わらず落ち着いている。

「がいらるはくしゃく」

お茶会で会ったときと違い、今は村の司祭が着ていたような白い服を着ていた。肩からは臙脂《えんじ》に金色の刺繍《ししゅう》が施された布を垂らしている。

たしかにこうして見れば「司教」と呼ばれるにぴったりの人物だ。

「今、光を発したのは殿下には見えませんでしたが」

「わたくしは一度もわたくしの力だとは言っていませんわ」

「……ああ、そうですね。たしかにそうです」

ガイラル伯爵がキャリエスちゃんの言葉に、何度か頷《うなず》いた。

そして穏やかに笑う。

「なんの力もない殿下ですが、ようやく宝玉の力を得たのかと考えたのですが、やはり殿下はなにも持っていらっしゃらないのですね」

「だまれっ！」

ガイラル伯爵の言葉に返したのはピオちゃん。

どうやら、天井から綱を下ろし、地下まで降りてきたようだ。

剣を手にし、果敢にガイラル伯爵へと向かっていった。

「おや、殿下の騎士ではないですか。あれだけの傷を負っていたはずが、なぜここへ？　まあ、また同じことになるだけでしょう」

ガイラル伯爵はそう言うと、背後に向かって手で合図をした。

すると、奥の闇からリビングメイルがピオちゃんの前へと進んでいく。

数は六体。ガイラル伯爵を守るように立ち塞《ふさ》がった。

「くっ……」

リビングメイルを見たピオちゃんはそのままの勢いで、そのうちの一体へと斬りかかる。金属と金属のぶつかる音。普通の人間であれば、その衝撃で倒れそうなものだけど、リビングメイルはその場に踏みとどまった。

やはり、リビングメイルに物理攻撃は効かない。ピオちゃんが前にやったように、鎧《よろい》の繋ぎ目を狙ってどこかへ縫い留めるしかないだろう。

あとは——

「はっ!!」

掛け声とともに、サミューちゃんが矢を放つ。

ピオちゃんはその声に合わせて、サッと身を翻した。

突然、ピオちゃんが目の前から消え、代わりに近づく矢。リビングメイルは避《よ》けることができず、お腹に矢を受けた。

「ギギギッ」

貫通した矢が、後ろの壁に突き刺さる。

お腹に穴が開いたリビングメイルは動きが鈍くなり、ゆっくりと後退していった。そして、そのリビングメイルの代わりをするように、すぐに違うリビングメイルが前へと出る。

サミューちゃんの攻撃は効いているが、やはり致命傷にはならないようだ。さらに、今回は数が多い。このままだと……。

「むねのあついの……」

集めるために意識を集中する。

すると、キャリエスちゃんが私にだけ聞こえる声でそっと囁《ささや》いた。

「レニ、いいんですの？」

「ん？」

「ここで光を使ってはガイラルに見つかってしまいます」

「うん。でも、みんな、かえりたいっていってるから」

ガイラル伯爵が意のままに操っているように見えるリビングメイル。

意思を持っていないように見えるが、私には声が聞こえるから。

捕まったこどもたち、キャリエスちゃん、そしてリビングメイルたち。みんなを助けるにはこの光を使うのが一番いいと思う。

なので――

「ひかりになぁれ！」

集めた熱さを右手から放つ。

あふれた光はリビングメイル三体を包んだ。

「もういっかい」

一回では倒しきれなかったので、もう一度、胸の熱さに集中する。

そして――

「ひかりになぁれ！」

本日三回目。

右手からあふれた光がリビングメイル二体を包む。けれど……。

「……なんかよわい」

一応、二体とも力をなくし、崩れ落ちた。でも、最後のほうは放つ手からぷすぷすって音が鳴っていた気がする……。

――この力は有限なのだ。

そもそも、普段であれば、私はこの力を使えない。

最初にこの力を使えたのは、キャリエスちゃんを襲ったドラゴンを倒す際だろう。二段ジャンプをしたときに胸が熱かった。あれが発端。

そのとき、サミューちゃんはこの力を魔力と言っていた。

しかし、私のステータスには【エルフ（封印）】と表示されていたように、私の魔力は封印され、使えないようになっている。

母が魔力暴走を起こし、宝玉に人間となることを願ったのが関係しているのだと思う。

母は今も魔力は使えず、私にも受け継がれた。結果、私は魔力を封印されたエルフ、見た目は人間として生まれたのだろう。

が、私の感情や集中に合わせて、魔力を使えるときがある。

たとえるなら、ガラス瓶を想像するとわかりやすい。

いつもはガラス瓶の蓋《ふた》は固く閉ざされている。しかし、時折、その蓋が開き、中にあった力を使うことができるようになるのだろう。

今はそのガラス瓶の蓋が開いたまま。けれど、中身を使いすぎて、無くなっているような感覚がする。

「レニ様っ、大丈夫ですか？」

「うん。さみゅーちゃん、こどものきゅうじょ、いってくれる？」

「しかし……」

「ひとじちにされたら、こまるから」

「……わかりました。なにかありましたら、お呼びください。そして、アイテムもすぐに使ってください」

「だいじょうぶ」

サミューちゃんの眉が心配そうにハの字に下がる。

けれど、私の言葉を聞いて、しっかりと頷いてくれた。

「こどもたちは、あちらのドアの向こうです。廊下にある扉の先、各部屋にいるようです」

「わかりました」

キャリエスちゃんから情報をもらい、サミューちゃんがドアのほうへ跳ぶ。

すると、ガイラル伯爵はそれを阻止するように、リビングメイルを動かした。

五体を光にしたとはいえ、まだまだいるのがわかる。

私はまた、胸の熱さへと集中した。

……まだある。大丈夫。

これを右手に集めて——

「ひかりになぁれ!!」

本日四回目。しっかりと集中すれば、サミューちゃんへと向かっていたリビングメイル五体を包み込んだ。

ガシャンガシャンと金属の鎧が石のタイルでできた床へと当たり、音が響く。

その隙《すき》をついて、サミューちゃんはドアから外へと出ていった。

きっと、こどもたちを助けてくれるだろう。

「はぁっ!」

ピオちゃんがお腹に穴の開いたリビングメイルを床へと縫い留めている。

動けなくなったリビングメイルをあとにし、ピオちゃんがまたガイラルへと斬りかかる。けれど、新しくやってきたリビングメイルに阻まれてしまった。

「くっ……」

「ぴおちゃん、こっち」

「わかった！」

光にしたリビングメイルは一二体。しかし、ガイラルの背後にはまだ大量のリビングメイルがいる気配がした。

このすべてを光に還《かえ》す力は……今の私にはない。

キャリエスちゃんの涙を見たときに、湧き上がった胸の熱さはほぼ感じられないし、あと一回できるかどうかというところだろう。

「ぴおちゃん。きゃりえすちゃんのこと、おねがい」

こちらへとやってきたピオちゃんにキャリエスちゃんを託す。

「殿下、この度は申し訳ありません」

「ピオ……生きていてくれてよかった」

「殿下と、レニ君に助けられました」

二人が素早く再会の挨拶をし、お互いの無事を確認する。

言葉は少ないが、二人がしっかりと通じあっているのがわかった。

すると、パチパチと場違いな拍手の音が響く。

「素晴らしい主従の絆ですね」

拍手をしたのはガイラル伯爵。

穏やかな顔と落ち着いた声でそう言った。

「しかし私が興味があるのは、そちらの獣人のこどもです。まさかあなたが力の持ち主だったとは……」

ガイラル伯爵の灰色の目が私を見る。

私はその目を見返して――

「なるほど」

と、一人、頷いた。

初めて目が合った気がする。そして、その瞬間、胸がムカッとした。

たぶん、今のガイラル伯爵と私が出会っていれば、【察知の鈴】が鳴っただろう。

お茶会のときのガイラル伯爵は本当に私に興味がなかったのだ。

「どらごんについて、なにかしってる?」

「ドラゴンというと、王女殿下を襲ったアースドラゴンのことですね。ドラゴンは地下におり宝玉を守っていたはずですが、私が宝玉を求めたとき、すでに宝玉は持っていませんでした」

「おそわせたの?」

「いいえ。私はただ宝玉を持つこどもがおり、それが我が国の第三王女キャリエス殿下かもしれない、とドラゴンの前で話しただけです。ドラゴンは魔物にしては知能が高い。王女殿下を襲うことを考えついたとしても不思議はないですね」

ガイラル伯爵が他人事《ひとごと》のように話す。

ドラゴンの宝玉は父とサミューちゃんが母のために手に入れたものだ。

ドラゴンはガイラル伯爵の話を聞き、宝玉を取り戻すために、地上へ出てきたのだろう。

ガイラル伯爵はドラゴンを操ってはいない。けれど、ドラゴンをキャリエスちゃんへけしかけたのは間違いないようだ。

「神の子は試練により力が強くなると言われています。もし、王女殿下が神の子であるのならば、ドラゴンとの出会いが必ずきっかけになると思いました。ですので、王女殿下がドラゴンに襲われ、さらに生き延びたと聞き、胸が弾みました」

穏やかな顔で話していくガイラル伯爵。

「実際に詳しく話を聞き、私は感動しました。女神の子孫であるエルフが守り仕えるこども。これはまさに予言された神の子であろう、と」

神の子を捜していたガイラル。

ドラゴンを倒せるこどもがいると聞き、とても喜んだのだろう。

そこに現れたのが【猫の手グローブ】をつけた私だった。

「しかし、私の期待とは裏腹に、王女殿下が招待したのは猫獣人のこども。本当に落胆したのですよ。獣人のこどもが神の子のはずがない」

ガイラル伯爵がやれやれと肩をすくめる。

そして、じっと私を見た。

「——あなたは何者ですか？」

探るような灰色の目。

「神の子を捜すため、私は当時生まれたこどもの戸籍を徹底的に洗いました。そこにあなたのようなこどもの名前はなかった。獣人の子も調べたはずなのに」

私はそれに、こてりと首を傾《かし》げた。

「れに、とうろくしてない」

「は？」

私の返事にガイラルの穏やかな顔が崩れて、間抜けな顔になる。

父と母が相談して私のことを隠してくれていた。

だから、ガイラルたちに見つかることもなかったのだろう。

「しゅぞく、かんけいいない」

エルフだから、獣人だからと、村の司祭も言っていた。でも、私に関係あるとは思えない。

ステータス上の種族はエルフ。だが今は封印され人間と変わらない。アイテムを装備すれば猫獣人と同じ。そしてなにより——

——この世界のものじゃない。


転生した私はこの世界から見れば異物。

何者か？　と問われれば、私はきっとなにものでもない。

「れには、れにだよ」

自分がなにか。

それは私が私であるということだけ。

それ以外に大切なものってある？

「あなたはなかなか愉快ですね」

私の言葉にガイラルは声を上げて笑う。

そして、また穏やかな顔に戻ると、私に向かって手を差し出した。

「あなたは神の子だ。力がある。力があるものはその力を有意義に使うべきです」

その手が私を誘う。

「スレンドグラスが見えますか？　あれはかつての王都リワンダー。とても美しい都です。私は王族の子孫なのです。あなたの力で亡霊たちを浄化し、国を興しましょう。あなたは国を手に入れることができる」

夢見るようにガイラルは朗々と語った。

「徘徊《はいかい》するグールも飛び回るヘルバードもいりません。庶民の亡霊は必要ない。リビングメイルは騎士の魂が宿ったものであり、これは王が使役するにふさわしい。この力があれば再び国を取り戻せます」

そこで私に向かって微笑《ほほえ》む。

穏やかで優しい笑みだった。

「あなたが初代王妃です」

「おうひ?」

「私とともに作り上げましょう」

その笑顔を見て、私は――

「いらない」

首を横に振った。

「れに、すきじゃない」

キャリエスちゃんを泣かせたこと。

先ほどから私に語る言葉。

なにひとつ、胸に響かない。

「くに、ほしくない」

私はこの世界で楽しく旅をするのだ。

国を手に入れたいわけじゃない。

「……やはりただのこどもか」

私の言葉にガイラル伯爵の目が一瞬ギラリと光った。

その光はすぐに消え、ガイラル伯爵は大きくため息をつく。

「とても残念です」

そして、私に差し出していた手を引き、背後へと合図をした。

動き出す大量のリビングメイル。

数は……三〇？

「こんなに大量にいたなんて……っ」

「さらに増えていますわ……っ」

ピオちゃんとキャリエスちゃんが息を呑《の》む。

私は二人を元気づけるように、しっかりと頷いた。

「だいじょうぶ。れに、つよいから」

そして、大きく前へと跳んだ。

ここまでくれば、二人を巻き込むこともない。

「ほんとうは、ひかりにしたかったけど……」

でも、今の私では無理そうだ。

なので、【猫の手グローブ】の爪をジャキッと出した。

全部まとめて吹き飛ばすしかない！

「レニ！　いけませんわ！　そこは……っ!!」

すると、床に着地した途端、背後でキャリエスちゃんの声が響いた。

そして、それをかき消すように、ガイラル伯爵が笑った。

「わざわざ自分で飛び込むとは！　あなたには体は必要ない！　宝玉は私のものだ!!」

笑い声とともに、床が光り出す。

これは……魔法陣？

「あなたが立っているのは体を消し、魂のみを残す魔法陣の中心！　さあ、宝玉よ！　私の前に姿を現せ！」

ガイラル伯爵の声とともに、光が私に向かって集まる。

そして、稲妻が走ったような衝撃が走った。

「レニッ！」

「レニ君……っ！」

遠くでキャリエスちゃんとピオちゃんの声がする。

……なぜだろう。

その声の持ち主がだれかはわかるのに、心がそこへ向かない。

遠くなる意識。そして――

「からだ……あつい……」

全身が燃えていくみたい。

足先と手先。そこからどんどん燃え広がっていく。

これが体が消えていく感覚なのだろうか。

「でも……」

痛みも苦しみもない。

目を閉じ、燃える体ではなく、胸の中心に意識を集中する。

すると、胸の奥でなにかにひびが入る音がした。

「まけない」

私は最強四歳児。

キャリエスちゃんとこどもたちを助けに来たのだ！

「れににおまかせあれ！」

目を開け、胸の中心にあるものを一気に全身へ！　全身から吹き上がる炎をその力で上書きする感覚だ。

その瞬間、胸にあったもの……殻のようなものが、バキンと音を立て、消え去るのがわかった。

「これは……なぜだ、なぜ消えない……？」

ガイラル伯爵は魔法陣の中心に立ち続ける私を見て、驚愕《きょうがく》に目を開く。

魔法陣の光はすでになくなっている。

私は、ふふんと胸を張って答えた。

「ほうぎょく、だよ」

私の胸の前。そこに光り輝くものが浮かんでいた。

私はその光を支えるように、両手で覆う。


——これが宝玉。


転生前にゲームで手に入れたアイテム。

クリスマスの夜、隠し部屋で穴掘りをした。【つるはし（神）】を使い、一マス一マス調べたんだよね。

そして、それが功を奏し、オリジナルエフェクトが起こり、手に入れた……と思う。【宝玉（神）】は「手に入れた」と表示されたが、それ以外のステータスやアイテム欄、図鑑と、どこにも確認できなかった。

ここでは父とサミューちゃんがドラゴンから手に入れ、母の魔力暴走を治療するために使ったと聞いた。娘である私が受け継いだのだろうか。

わかるのは、今、宝玉は私とともにあるということ。

きっと、生まれたときから私と一緒だったのだ。

「レニ君、耳が……」

「レニ……エルフだったの？」

ピオちゃんとキャリエスちゃんの声に、はて？　と首を傾げる。

耳……とは、たぶん猫耳のほうではない。

右手を宝玉から外し、顔の横へと持ってくる。

そして、そっと触れれば——

「ほんとうだ」

耳が尖《とが》っている。たぶん、サミューちゃんと同じ感じだろう。

尖った耳と胸に中心から全身に行き渡っていく力。ステータスを確認するまでもない。

「ふういん、とけた」

魔法陣は私の肉体を消そうとし、私はそれに対抗した。結果、封印が解けたのだろう。

今の私のステータスからは『(封印)』の文字がなくなっていると思う。

なるほど、と頷く。すると、ガイラル伯爵が体を戦慄《わなな》かせた。

「すばらしい……！　なんとすばらしい光だ……。しかも、その姿……ただの獣人だと思っていましたが、そうではない……。わかりました……！　あなた自身が宝玉なのだ！」

胸に宝玉を抱き、封印の解かれた私を見て、ガイラルは叫んだ。

「あなたが望めばすべてが手に入る！　私もともに……!!　私をそばにお置きください。必ず役に立ってみせます。一国の主《あるじ》など小さい夢でした。あなたであれば、世界が手に入る……！」

感極まったように叫び、ガイラル伯爵はその場で平伏する。

すると、ドアからまっすぐガイラル伯爵に矢が飛んできた。

「だれだ!!」

矢が刺さる寸前。ガイラル伯爵は素早く立ち上がると後ろに身を引いて、矢を躱《かわ》した。

けれど、ビリッという音とともに赤い布が引き裂かれた。

平伏していたために、反応が遅れ、ガイラル伯爵が垂らしていた赤い布に矢が刺さったのだ。

矢を放ったのはもちろん——

「愚かな」

——サミューちゃん。

こどもたちの救出を終え、戻ってきてくれたのだろう。

「レニ様が世界を手に入れたいと願いましたか？　宝玉はたしかにすばらしいアイテムです。その宝玉はレニ様とともにある。が、あなたの望みを叶《かな》えるためにレニ様がいらっしゃるのではない」

サミューちゃんはそう言うと、また矢をつがえた。

「レニ様が願うことこそが大切なのです。自分自身の願いのためにレニ様とともにありたいなど、ありえません!!」

そう言って放たれた矢は、再びガイラルへと向かっていく。

ガイラルはそれに顔を歪《ゆが》めると、サッと手を振る。

すると、リビングメイルが現れ、矢の軌道を逸《そ》らした。

「だれもかれも……なぜ、私の言葉が通じない？　そこの宝玉が必要なんだ。自分の望みを叶えようとしてなにがいけない？」

「あなたの野望など興味はありません。レニ様にふさわしくない。それだけです」

「……ふさわしくない。そうですね、一理ある」

ガイラルはパチパチと拍手した。

「見たところ、宝玉はまだ幼い」

そう言うと、リビングメイルの陰から、私をじっと見つめた。

「宝玉よ。あなたはこどもを助けたい。違いますか？」

ガイラル伯爵はそう言うと、私を見て穏やかに笑う。

私はすこし考えて……正直に、こくんと頷いた。

「こどもたち、もとのばしょへかえす」

「ええ。わかります。私は宝玉を持つこどもを捜していた。つまり、あなたを捜すために集めたこどもたちです。あなたのせいで犠牲になっているといっても過言ではない。心が痛みますね。あなたがすべての元凶です」

「うん。そうかも」

父と母はずっと私を隠してくれていた。

私が生まれたことを登録しなかったから、領主の権力があるガイラルにも見つからなかったのだろう。

父が病気になり、貧しくなっても。母が懸命に働き、守ってくれた。父母は借金取りが悪徳だとわかってからも、事を荒立てないようにしていた。

そうしてくれたから、ガイラルは私を捜し出し、連れ出すことができなかったのだ。

そのガイラルが、私が隠れていたから捜せなかった。だから、捜すためにこどもたちが連れ去られたのだと言うのならば、私にはそれを否定することはできない。

「王女殿下が神の子の噂《うわさ》で苦しんだのも、ドラゴンに襲われたのも、今、こうして私に攫われたのも、あなたのせいだと思いませんか？」

「そうだね」

私が宝玉を持って、この世界に生まれた。そのために予言があった。その予言を聞いたガイラル伯爵が動いたのならば、それはたしかに私のせいと言えるかもしれない。

私の存在がすべての元凶なのだとすれば――

「――だから、たすける」


起こったことは戻らないけれど……。

今、泣いている人たちを救えばいい。

「ハハハッ！　なんと単純な!!」

私の答えを聞いたガイラル伯爵は声を上げて笑った。

「そんなことは不可能だ！　すべてを助けることができるとでも!?」

ガイラルの笑い声が響く。

すると、その笑い声をかき消すように、凛とした声が響いた。

「黙りなさい。ここにいたこどもたちはすべて逃がしました。すべて助けました。そして、悪事の証拠も集めています。あなたはここで終わりです」

「わたくしはこれまでも、これからも！　レニのせいだと一切思いませんわ！　レニに力がある。それを欲《ほっ》し、悪事を働いたのは、ガイラル、あなた自身です!!」

「力があることは悪ではない。どう扱うか、それだけだ!!」

サミューちゃん、キャリエスちゃん、ピオちゃん。

三人は強い瞳でガイラル伯爵を見つめる。

ガイラル伯爵はそれを聞き、けれど、私から目を離さなかった。

「だとすれば!!　宝玉よ、あなたはどう使うのか？　その力ですべての悪を倒すとでも？　……私を見てください。あなたの力を求め、悪となりました。悪は倒せば消えるのでしょうか。あなたが力を示せば示すほど、悪は増えるのではありませんか？　あなたの目には世界が美しく見えているかもしれません。けれど、我が王都リワンダーのように、世界は汚く腐り落ちているのです!!」

濁った灰色の目。これまで見た穏やかな笑顔はそれが仮面であったのだと想像できた。

その目を見つめ返す。

逸らす必要はない。だって、答えは決まっているから。

「れに、たびしたい」

大好きだったゲームの世界。

引きこもりで日常生活に溶け込めなかった私を、助けてくれた世界。

「すきなひと、たいせつなひと。ないてたら、たすけたい」

好きな人が増えた。大切だと思う人が増えた。

……泣かないでほしいって思うから。

「このせかいが、きれいか、きたないか」

ガイラル伯爵が言うように、この世界はきれいな色だけではできていないのだろう。

だからこそ。

「れにがみて、きめる」

だって、まだなにも知らない。なにも見ていない。

もっともっと世界の果てまで旅をして、いろんな人と会って。

それから、決めても遅くない。

「……それはすばらしい。宝玉との旅は楽しいものになるでしょう」

ガイラルはそう呟《つぶや》いて……。

また穏やかに笑った。

「ところで、エルフの少女はこう言いましたね。『すべて助けた』と。本当でしょうか？　この地下施設が一つだけだと確証はありますか？　私はリビングメイルのほか、デスバードもグールも操れます。あのような格下のものを操るのは好きではありませんが。こどもたちを集めるにはちょうどいい」

そして、話を続けていく。

――人質はまだいるのだ、と。

「まだいます。こどもたちは私の手の中です。宝玉よ、こどもたちを見捨てますか？　私とともに行くのであれば、領都にいるこどもたちは解放します。あなたは泣いてほしくないと言った。けれど、今のままではこどもたちは泣くことになります」

「わかった」

私はそれに、こくんと頷いた。

話をまとめると、領都にはほかにも地下施設があって、そこにこどもたちがいる。

そういうことだよね？　それなら――

「ほうぎょくよ」

これまでは胸の中心から右手だけに集めていた力。

でも、今はそんなことをする必要もない。

……ガラス瓶はもうない。

ただ、体にあふれ続けている。泉に地下水が湧き続けるように、私の体には常に力が満ちていた。

その、あふれる熱さを地面を通じて広げればいいだけ。


――一気に浄化すればいい！


範囲はこの領都全体。

ガイラルがどこにリビングメイルを待機させていても、力が届くように……。

「すべてをあるべきすがたに」

放つ！

「ひかりになぁれ!!」

その途端、体が一瞬カッと熱くなった。

そして、地面からまばゆい光が立ちのぼっていく。

「うぐぅっ!!」

ガイラル伯爵のくぐもった悲鳴と一緒にガシャンガシャンとたくさんの鎧が崩れていく音がした。

すべてのリビングメイルが浄化されたのだろう。

正確な範囲はわからないけれど、地下室以外の領都全体がこうして光り輝いているはずだ。

私はそこでダンッと床を蹴った。

「れに、あなたのねがい、かなえる」

向かったのはガイラル伯爵の懐。

リビングメイルの守りがなくなれば、立っているのはこの男一人だ。

「りわんだー、じょうかする」

【彷徨《さまよ》える王都　リワンダー】。そこの騎士たちや、この魔法陣に実験として使われた人たちの肉体はもうない。

そして、意志と関係なくガイラルに操られ続けている。

『カエリタイ』ときっと泣いているから。

「ねこぱんち！」

拳を握って、しっかり肘を引く。

あとはジャンプの勢いも乗せ、思いっきり!!

「おほしさまになぁれ!!」

――キラン。

光り輝くガイラル領都に星が流れました。


ガイラルを倒したあと、私、サミューちゃん、キャリエスちゃん、ピオちゃんの四人でひとまず、今後についての話をした。

そして、証拠を集めるために地下施設の家捜《やさが》しもした。

結果、決めたこと。

・サミューちゃんがニグル村で集めた資料が役に立ちそう
・地下施設にもガイラルの悪事の証拠があったので、それを使う
・信仰宗教集団【女神の雫《しずく》】については、ひとまずガイラル領の教会を調査する
・他領についても、注意喚起、査察などをしていく
・ガイラル領は領主がいなくなってしまったが、荒れたり困窮したりすることがないようフォロー

していく

これをキャリエスちゃんが対応してくれることになった。家族である、王や王太子などに報告、相談して進めていくらしい。

すごく大変なことだと思うが、むしろ、キャリエスちゃんは決意のこもった目をしていた。

「わたくしには力がないと諦めていました。けれど、もうダメだと思ったとき、わたくしに残ったのは王族としての矜持《きょうじ》でした。わたくしはそんな自分に恥じぬよう、民を守れるようにしたいのです」

胸を張って頷くキャリエスちゃんは、とてもきらきらして見えた。

「きゃりえすちゃん、できる」

「レニっ……」

「きゃりえすちゃん、すごい」

「……もう！　レニはいつも私を幸せにして……!!」

キャリエスちゃんはそう言うと、ぎゅうっと私を抱きしめた。

「レニがそう言ってくれる度に強くなれますわ。……わたくしの言葉なんて、笑われて当然なのに……。信じてくれて、ありがとう」

「うん」

「わ、わたくしは……」

「うん」

「わたくしは……！」

「……ん？」

あれ？　キャリエスちゃんに自信が出てきたと思ったのに、また前みたいに戸惑ってる？

不思議に思って、キャリエスちゃんを見る。

すると、その顔は真っ赤で、必死に私を見ていた。

「わたくしは……っ、れ、レニがっ……」

「わたしが？」

「だ、だ、……だだ……」

「だだ？」

「だっ……大好き、っ！　です!!」

キャリエスちゃんは意気込んでそれを言うと、さらに私をぎゅうぎゅうと抱きしめた。

正直、ちょっと痛いぐらい。

でも、その力がキャリエスちゃんの想いの強さなんだって思うから、受け止めるように、そっと背中に手を回した。

そして、そっと耳元に伝える。

「ん。わたしも、きゃりえすちゃん、すき」

するとさっきまで力いっぱい私を抱きしめていたキャリエスちゃんの腕から、ふっと力が抜けた。

そのまま、へなへな……と座り込んでしまって……。

「だいじょうぶ？」

「……だいじょうぶではありませんわ」

「どこか、いたい？」

「……痛くはありませんわ。でも、腰から力が抜けましたの……」

「そっか」

しゃがみこんでしまったキャリエスちゃん。そんなキャリエスちゃんに合わせて、私も屈《かが》む。

そして、その背中と膝の裏に手を入れた。

【猫の手グローブ】をつけているので、力が強い。なので、腰が抜けたというキャリエスちゃんをお姫様抱っこしたのだが……。

「レニは……っレニは……っ!!!」

キャリエスちゃんはもはや涙目。

すると、隣で見ていたピオちゃんがくくっと笑った。

「すまない、レニ君。殿下にはまだ刺激が強かったようだ」

「しげき？」

よくわからず首を傾げる。

すると、キャリエスちゃんが「もう!!」と叫んだ。

「ピオ、静かにして！」

「はい。かしこまりました」

キャリエスちゃんの命令にも、ピオちゃんはどこか楽しそうだ。

そして、私へと視線を移した。

「レニ君も疲れているだろう？　殿下をこちらへ」

「うん」

ピオちゃんがキャリエスちゃんを抱き上げる。私より背が高いから、ピオちゃんが抱っこしていると視界が高くていいだろうしね。

「それにしても、レニ君がエルフだったとは。レニ君はいろんな面を持っているんだね」

ピオちゃんが改めて、感心したように呟いた。

封印は解け、私の耳は尖ったまま。【猫の手グローブ】をつけているから、猫耳でエルフ耳という不思議な状態だ。

すると、サミューちゃんが心配そうに私の前に跪《ひざまず》いた。

「レニ様、それについてなのですが、今、体に変調はありませんか？」

「へんちょう？」

「はい、魔法陣の力でレニ様の姿は変わってしまいました。これまでとはまったく違う感覚があるはずです。レニ様から常に巨大な魔力を感じます」

「うん。これがまりょくなんだね」

エルフは人間と違い、魔力が循環している。これを利用することで、身体能力を上げたり、魔法を使ったりする種族だ。

これまでの私は魔力を封印されていたけど、こうして魔力が循環する体になった。

「レニ様、私はいつかはレニ様が魔力を取り戻すだろうと思っていました。……けれど、早すぎます。もっと体が成長してから、そう思っていたのです」

「さみゅーちゃん、おおきくなればできるっていってくれた」

サミューちゃんと出会ったとき、サミューちゃんは魔力がない私に対して、いつかは【魔力操作】ができると伝えてくれた。そのためにアイテムに頼らず、体を鍛えていこう、と。

だから私は【隠者のローブ】や【察知の鈴】以外の身体能力を上げるようなアイテムはつけないことが多かったのだ。

「レニ様。私には今のレニ様の魔力がその体には大きすぎるように感じるのです。レニ様が今、普通にしていることが、私には奇跡に思えます」

サミューちゃんは今にも泣きだしてしまいそうで……。

「そういえば……。先ほど、レニの体がすごく熱く感じましたわ！」

キャリエスちゃんが心配そうに私を見る。

「レニ君……。また、なにか我慢しているのか？」

ピオちゃんのきりっとした眉根。それが今は苦しそうに顰《ひそ》められていた。

ピオちゃんは私が眠いときに、眠らずにいたことを知っている。だから、『また』と言ったのだろう。

私は三人の心配そうな表情を見て……。

観念して白状した。

「……じつは、からだがあつい、かも」

……かも。かもだよ？　ちょっとだけね？

「レニ様っ！」

「レニ！」

「レニ君っ!!」

私の告白に三人は血相を変えた。

「諸々《もろもろ》のことはわたくしが行います。レニを休ませなくては……！」

「殿下もお休みください。宿の手配と領城への説明、待機している殿下の護衛をすぐにここへ呼び寄せます」

「わたくしは一人で大丈夫です。お願いね、ピオ」

「はっ」

ピオちゃんはキャリエスちゃんを下ろすと、すぐに走って去っていった。

「レニ様、失礼します」

サミューちゃんはそう言うと、私をぎゅっと抱き上げた。

フードしなきゃ。ああ……でも……。

「あつい……」

今まではなかった体をめぐるもの。湧き出てくる力が体にあふれている。

体の不調を告白し、抱き上げられたことで、張っていた気が緩んだ。その途端に体がまた熱くなった気がした。

「やはり、これは……っ」

サミューちゃんの焦った声。

「魔力暴走ですっ!!」

サミューちゃんの言葉をどこか遠くに聞きながら、その意味を考えてみる。

『魔力暴走』。それはエルフが時折、患う現象。

一番、身近な経験者は母だろう。魔力に蝕《むしば》まれ、消えるはずだった命。それを父とサミューちゃんが見つけた宝玉が救った。

母は人間となることを選び、魔力は封印された。そして、宝玉は私へと受け継がれ、私も魔力を封印され、見た目は人間と同じ姿になっていたのだ。

しかし、魔法陣の力で封印が解け、エルフの見た目になった私は魔力を取り戻したのだろう。が、その力は幼い私には大きすぎた。

持て余した魔力が体を蝕む。なるほど、たしかに『魔力暴走』だ。

「どうすればいいんですの？　レニがすごくつらそうです」

キャリエスちゃんの不安そうな声がする。

サミューちゃんはすこし考えてからそれに答えた。

「……まずはエルフの森へ」

――行く先は、母とサミューちゃんの生まれ故郷。

「エルフの森には魔力暴走をすこしであれば抑え、延命する術があります。レニ様の場合はこれまで封印されていた魔力が突然解放され、幼い体に負担が大きすぎたのだと思います。……体が成長すれば、あるいは、きちんと対応すれば、魔力暴走を制御できると」

「わかりましたわ。エルフの森へ行くために必要なものはわたくしが用意します。遠慮なく伝えてください」

「はい、お願いします」

キャリエスちゃんとサミューちゃんが話を進めていく。どうやら、私の体をなんとかするために、まずはエルフの森へ行くようだ。

でも……。

「さみゅーちゃん、……りわんだーも」

【彷徨える王都　リワンダー】。この力で浄化し、魔物たちを助けたい。そこに行かなくては。

なのに……

「ねむい……」

やりたいことはある。でも、目が閉じていく。

「レニ。レニはまず自分の体のことを大切にしなければいけませんわ。領都のことは任せてください。連れ去られたこどもたちも、わたくしがかならず家族のもとへと返します。リワンダーは体が治ったあとでもいいのではありませんか？」

「うん……」

「レニ様、エルフの森は、とても大きな木が生え、そこに家を建てています。レニ様にぜひご覧になっていただきたいです」

「……うん」

ゲームでも、エルフはツリーハウスに住んでいた。

見上げても先がわからない巨大な木々の森は、すごく美しいだろう。

「みたい……」

そう呟けば、サミューちゃんがきゅっと私を抱きしめた。

「レニ様、ローブ以外のアイテムは取ったほうがいいかもしれません。体に負担が増している可能性があります」

「わかった……」

サミューちゃんに言われて、アイテムを取る。

キャリエスちゃんが息を呑んだ声が聞こえたけど、目が開かなくて……。

「ゆっくりお休みください」

サミューちゃんの優しい声。

私は完全に目を閉じ、体の熱さをすこしでもコントロールできるよう、ゆっくりと息を吐いた。

体の熱さに負けている場合じゃない。

たくさん旅をして、いろんなものを見て、いろんなものを知って……。まだまだやりたいことがある。そのために!

――エルフの森で魔力暴走を食い止めます!

番外編　旅で見つけた花です

サミューちゃんと旅に出て、しばらく経《た》った。旅をして、いろいろなものを見るのは本当に楽しい。サミューちゃんは私が喜ぶようなことを調べて、教えてくれるから、一緒に旅ができてよかったなぁといつも思う。

父母とは会えていないが、元女子高生なので、普通の四歳児と違い、さみしくて泣くということはない。

が、やはり、二人が元気にしているかということは気になる。

「さみゅーちゃん、ぱぱ、ままげんき？」

「はいっ！　今朝も女王様とやりとりをしました。だれかに襲われたり狙われたりということもないそうです。狩りをし、レア素材が育つ畑で生計を立てているため、女王様もゆっくりと過ごしているということでした」

「そっか。よかった」

私が【肥料（神）】を使った畑は狙い通りに生活資金になっているようだし、父は【身代わり人形】を使う機会もなかったようだ。

やっぱりサミューちゃんが【精神感応《テレパシー》】で、どこにいても母とやりとりができるというのは便利だ。

「あ、かわいい」

今日も体を成長させるため、元気に歩いていたのだが、道端にきれいな花があった。花弁は青紫色で、中心に向かって白色に変わるグラデーションになっていた。

「さすがレニ様です。これはこの地域にしか咲かない花ですね」

「ちかくでみてもいい？」

「もちろんです！」

サミューちゃんに声をかけてから、花へ近づき、そばに屈《かが》む。すると、なぜか花が私にお辞儀をするように折れた。

「え、え」

どうしよう。手折るつもりはなかったのに……！

焦っていると、サミューちゃんは「大丈夫です」と頷《うなず》いた。

「レニ様、この花はおもしろい花で、こうして時間が来ると自ら花を折るのです」

「そうなの？」

「一説によると、花を維持するためには栄養が必要なため、受粉した場合や栄養状態が悪化した場合などに自らを守るために行っているらしいです」

「はな、みや、たねにならないの？」

「はい。この花はまた実をつける茎を伸ばすのです」

「そうなんだ」

世界はすごい。私が知らないことがたくさんある。

ほぅと感嘆の息を漏らし、私は折れてしまった花を手に取った。今、折れたばかりの花は瑞々《みずみず》しく、風を受けてそよりとなびいた。

「ままにみせたいなぁ」

とてもきれいな花。女神みたいに美人な母にはとても似合っただろう。

「レニ様、それでは押し花を作り、女王様に手紙を送るのはどうですか？」

サミューちゃんの提案。私はそれに――

「やる」

すごくいいアイディア！　勢いよく「うんうん！」と頷いた。

❀ ❀ ❀

レニが押し花を作り、手紙を送ってから数日。サミューのもとにソニヤから【精神感応《テレパシー》】が届いた。

『サミュー！　サミュー!!』

『はい、女王様』

『今、レニから手紙が届いたの！』

ソニヤの弾んだ声。その音でソニヤの喜びはすぐにわかる。サミューはふふっと笑い声を漏らした。

『レニ様が珍しい花を見つけられた際、女王様に見せたいとおっしゃられたのです。そこで、押し花にさせていただきました』

『そう……レニがそんなことを言ってくれたの。とても素敵だわ。レニにすごく喜んでいると伝えてくれる？』

『はい、もちろん』

『ウォードは手紙を見て、泣いているの。レニに会いたい会いたいって。遠回りになるかもしれないけれど、旅の途中にでも寄れるときがあったら、来てもらってもいいかしら？』

『はい。人間の男は泣いていればいいと思いますが、レニ様もお二人の様子を気にしていらっしゃいます。近く一度戻ることができれば、と』

『ありがとう、サミュー。またレニの様子を聞かせてね』

『はい、もちろん』

『……レニはどう？』

『そうですね。私の目を通してなので、、私の希望も入ってしまうかと思いますが……』

『大丈夫よ。聞かせて？』

『はい。……毎日とても輝いていらっしゃいます』

『うん、そうね……ええ、想像できるわ。新しいものを見て、きらきらした目をしているのかしら』

『はい。レニ様はお食事も好きなようで、その土地のものを食べるのをとても楽しみにしていらっしゃるようです』

ソニヤはすぐに想像できた。おいしそうに食べ物を頬張《ほおば》るレニ。そして、目を輝かせるレニ。

レニは間違いなく、楽しくやっているのだろう。

『また話を聞かせてくれる？』

『はい。私もすぐにご報告します』

『ありがとう、サミュー。よろしくね』

『はい!!』

ソニヤはそこで【精神感応《テレパシー》】を終える。

そして、レニからの手紙を見て、うーんと悩んでいるウォードへと視線を移した。

「どうしようか、この手紙を飾って毎日、見ていたい。が、日に焼けて劣化しないよう永久保存しておきたい。飾るべきか大切に保管するべきか……」

手紙は一枚しかない。複製もできない。いまだ涙目のウォードにとってはその悩みは非常に大きかった。

そんなウォードを見て、ソニヤがふふっと笑う。そして、一つ提案をした。

「額に入れて飾るのはどうかしら？　高級な額は中のものが劣化しないように魔法がかけてあるはずなの。そうすれば、飾りながら保存できるわ」

「それだ!!　そうだな！　早速、買いに行こう。一緒に選ぼう」

「ええ」

ウォードはソニヤの提案に、勢いよく二回頷いた。そして、ソニヤの手を取る。

ソニヤは手を握り返し、二人は見つめあった。

「サミューにもっと手紙を書いてもらうようにお願いしますね。なので、額はたくさん買いましょう」

「そうだな。とりあえず一番高級な額を二〇ほど買うか」

「そうね。この家にはレニのものを飾る場所がまだまだあるものね」

「よし、行くぞ！」

二人で笑いあい、家を出る。

「レニは楽しく旅をしているみたい」

「そうだな。絶対に目がきらきらしてるんだろうな」

二人の気持ちは同じ。離れているけれど、いつもレニを想っている。

レニにできるだけたくさんの楽しいことが起きて……。その目がいつも、きらきらと輝いていますように。

MFブックス

ほのぼの異世界転生デイズ ～レベルカンスト、アイテム持ち越し！ 私は最強幼女です～ 2

2021年8月25日　初版第一刷発行

著者　しっぽタヌキ
発行者　青柳昌行
発行　株式会社KADOKAWA
〒102-8177　東京都千代田区富士見2-13-3
0570-002-301（ナビダイヤル）
印刷・製本　株式会社廣済堂
ISBN 978-4-04-680692-5 C0093

企画　株式会社フロンティアワークス
担当編集　福島瑠衣子（株式会社フロンティアワークス）
ブックデザイン　鈴木 勉（BELL'S GRAPHICS）
デザインフォーマット　ragtime
イラスト　わたあめ

本シリーズは「小説家になろう」（https://syosetu.com/）初出の作品を加筆の上書籍化したものです。
この作品はフィクションです。実在の人物・団体・事件・地名・名称等とは一切関係ありません。

ファンレター、作品のご感想をお待ちしています

宛先
〒102-0071　東京都千代田区富士見2-13-12
株式会社 KADOKAWA　MFブックス編集部気付
「しっぽタヌキ先生」係「わたあめ先生」係

二次元コードまたはURLをご利用の上
右記のパスワードを入力してアンケートにご協力ください。

https://kdq.jp/mfb
パスワード
kbfej

●PC・スマートフォンにも対応しております（一部対応していない機種もございます）。
●お答えいただいた方全員に、作者が書き下ろした「こぼれ話」をプレゼント！
●サイトにアクセスする際や、登録・メール送信時にかかる通信費はご負担ください。